Tod in Venedig

Für Edith Guip-Cobilanschi

(1937 – 2024)

Lois Nabakow wurde in Temeschburg (Rumänien) in einer deutschsprachigen Familie geboren. Nach dem Abitur am Nikolaus-Lenau-Gymnasium in seiner Heimatstadt übersiedelte er Anfang der 1990er Jahre nach Deutschland. Der Autor hat mehrere Kurzgeschichten in Benefizanthologien veröffentlicht. »Tod in Venedig« ist sein Debütroman.

Lois Nabakow

TOD IN VENEDIG

Bibliografische Information der Deutschen
Nationalbibliothek:
Die Deutsche Nationalbibliothek verzeichnet diese
Publikation in der Deutschen Nationalbibliografie;
detaillierte bibliografische Daten sind im Internet über
http://dnb.dnb.de abrufbar.

Cover: Kooky Rooster
Bilder: adobe stock, pixabay

Herstellung und Verlag:
BoD – Books on Demand, Norderstedt

ISBN: 978-3-7526-8991-4

ERSTES KAPITEL

Gesegnet oder verflucht: Wie soll ich den Augenblick nennen, in dem Du mir die Hand reichtest und mich vor dem Abgrund bewahrtest – Du ahnungsloses Werkzeug einer höhnischen Gottheit?!

Wer bist Du? Ein Engel? Ein Dämon? Deine Haut schimmert so mondhell, Dein goldenes Haar scheint zu wehen, selbst wenn es windstill ist. Du kannst nicht von dieser Welt, nicht aus dem launischen Spiel der Natur mit Materie, Form und Farben entsprungen sein. Vielmehr magst Du, auf einer Muschel gleitend, direkt aus den Tiefen von Himmel und Meer den Elementen entstiegen sein – Du Meerschaumgeborener!

Du weißt nichts von der Angst, die mich befiel, als ich Deiner zum ersten Mal gewahr wurde ... wie ich erschauderte und außer mir war, und mich kaum hinzusehen getraute, da ich Ihn, den längst Entschwundenen, in Deiner Gestalt und in Deinem Antlitz wiederzufinden glaubte.

Du hast mich dem Abyss entrissen – und was nun? Was bleibt mir anderes übrig, als entweder an dieser Seuche zugrunde zu gehen, oder bis zum Ende meiner Tage Tantalusqualen ausstehen zu müssen, in der Gewissheit, dass mir eine Welt ohne Dich sinnlos und kalt wie die Tiefe des Weltalls erschiene? Wäre es nicht ein Gnadenakt gewesen, wenn Du mich, ohne mit der Wimper zu zucken, in den Abgrund gestoßen hättest – dorthin, wo Er, der

Engelhafte, mich mit ausgebreiteten Flügeln auffangen und in sein Schattenreich mitnehmen könnte?

*

Als Silviu am Morgen nach der Ankunft im Bäder-Hotel erwachte, stand die Sonne schon hoch am Himmel und flutete sein Zimmer. Vom offenen Fenster her erklang das durchdringende Kreischen der Möwen in der Ferne. Schlaftrunken tastete Silviu nach dem Smartphone am Nachttisch. Sein Blick fiel aufs Display und sein Herz machte einen Sprung. Viertel nach neun! Verdammt, er würde sich zum Frühstück verspäten.

Mit einem Satz sprang Silviu aus dem Bett, stürmte ins Bad, putzte sich die Zähne und besprengte Gesicht und Achselhöhlen mit kaltem Wasser. Zurück im Zimmer griff er wahllos nach einem T-Shirt aus dem Stapel im Schrank, zog sich Pants und Jeans an und schlüpfte in seine Sneakers. Flüchtig fuhr er sich mit den Fingern durch die Haare und versuchte, sie ein wenig zu ordnen.

Schon bei der Tür angelangt, warf er noch einen hastigen Blick in den Wandspiegel und blieb abrupt stehen. Diese rötliche Stelle, direkt oberhalb der linken Augenbraue – war das etwa schon wieder so ein Pickel? Der am Kinn war doch erst letzte Woche verheilt! Was für ein Pech, dass er sein Clearasil-Gesichtswasser zu Hause in Bukarest gelassen hatte. Ein paar Sekunden lang starrte er mit Todesverachtung in den Spiegel, dann zuckte er die Achseln und flog davon.

Auf dem Weg nach unten checkte Silviu seine Whats-App-Nachrichten. Mutter hatte ihren Kindern ausdrücklich verboten, Smartphones während der Mahlzeiten zu verwenden. Es gab drei neue Messages, alle von Dinu, der sich nach seinem Verbleiben erkundigte. *In einer Stunde am Strand,* schrieb er zurück, während er durch die Schwingtür in den Speisesaal trat. Dabei stieß er beinahe mit einem hünenhaften Mann zusammen.

»Sorry«, murmelte Silviu und drückte sich an ihm vorbei. Für einen Moment trafen sich ihre Blicke. Die umschatteten Augen des Mannes weiteten sich und ein staunender, fast erschrockener Ausdruck trat auf sein Gesicht. Silviu hatte keine Zeit, sich darüber Gedanken zu machen, steckte das Handy in die Hosentasche und preschte hinaus auf die Terrasse, wo seine Familie auf ihn wartete.

Sie waren mit dem Frühstück fast fertig.

»... dass er sein Repertoire erweitern möchte, ist mir klar«, sagte Irina und bestrich ein Stück Toast mit Erdbeermarmelade. »Aber warum gerade Britten? Könnte mir das bitte jemand erklären? Wo es doch so viel anderes noch gäbe, im italienischen und deutschen Fach ...«

Silviu setzte sich mit einem knappen »*Bonjour*« auf seinen Platz.

»*Tu arrives en retard, chéri*«, sagte Mutter und strich ihm eine Strähne aus den Augen.

»*Pardon, maman.*«

Mutter bestand darauf, dass sie so oft wie möglich miteinander französisch sprachen. Vor allem in der Öffentlichkeit. »Französisch bleibt nach wie vor *die* Sprache der Kultur«, erinnerte sie die Kinder immer wieder aufs Neue. »Es ist wichtig, dass wir sie pflegen, wann immer sich Gelegenheit dazu bietet. Gerade in dieser Zeit, wo das Englische alles überwuchert.«

Silviu fand das allerdings nicht so cool.

»Die Frage sollte eher lauten: Warum nicht Britten?«, griff Isabella den Faden auf und tat so, als würde sie Silviu nicht bemerken. »Immerhin handelt es sich hier um den *Orpheus Britannicus*, dem größten britischen Komponisten nach Purcell.«

»Jaah – aber das ist derselbe Mann, der sich vor dem Kriegsdienst gedrückt hat, als es darum ging, sein Vaterland zu verteidigen ... der fast alle Hauptrollen seinem Liebhaber Pears auf die Zunge komponiert hat ... und von dem man nur ahnen kann, was er in späteren Jahren, auf seinem Schloss in Aldeburgh, so alles angestellt haben mag ...« Irina schlug die Augen nieder. »Ich würde meinen, dass ein wahrhaft großer Künstler auch menschliche Größe zeigen muss, sonst ist seine Kunst nichts als –«

»Was soll das bitte heißen?« Isabella straffte die Schultern und ein spöttischer Zug umspielte ihre Lippen. »Seit wann werden Künstler nach ihrer moralischen Integrität bemessen? Man braucht sich doch nur ein wenig in der Szene umzuschauen. Diese Künstler sind doch alle irgendwie – queer. Entweder sind es Psychos, Kriminelle, Rassisten, Sexualtriebtäter oder sonst wie moralische Monster.«

Mutter räusperte sich. »Bella, du übertreibst wieder einmal.«

»Nicht im Geringsten, Mutter. Ich will meiner lieben Schwester einfach nur klar machen, dass sie irrt, und zwar total, wenn sie Künstlertum mit Heiligtum gleichsetzt.«

Silviu nippte an seinem Milchkaffee und seufzte stumm in den Becher hinein. Irina und Isabella – wie Katz und Maus, seit eh und je. Mit den Jahren wurde es immer schlimmer, hatte er den Eindruck. Früher zogen sie sich an den Haaren und rauften bisweilen unter dem Esstisch. Jetzt lieferten sie sich *geistige* Duelle, bei denen Irina meistens den Kürzeren zog. Trotzdem ließ sie sich von ihrer Schwester immer wieder aufs Neue provozieren. Deren Attacken wurden zunehmend spitzzüngiger und sie tat es vornehmlich, wenn andere zugegen waren, meistens, wenn sich die Familie bei Tisch versammelte. Und Silviu musste sich dann den ganzen Quatsch mit anhören. Ihm wäre lieber gewesen, die beiden würden sich immer noch in die Haare fahren wie früher.

Irina wollte sich allerdings noch nicht geschlagen geben. »Schaut euch doch mal seine Opern an: Peter Grimes – ein Fischer, der seinen Lehrling missbraucht und ihn in den Tod treibt. Billy Bud – eine Oper, in der es keine einzige Frauenfigur gibt! Und dann seine unverblümte Vorliebe für Knabenchöre ... Was für ein Mensch muss das gewesen sein, der seine eigenen Neigungen so offensichtlich in seinen Werken –«

»Du bist so schrecklich naiv, Irina. Die Diskussion über die moralische Qualifikation eines Künstlers ist doch längst obsolet.« Isabella schüttelte den Kopf. »Das Werk wirkt oder eben nicht. Das zumindest gilt in unserer heutigen, liberalen Zeit. Du hingegen scheinst ja immer noch im 19. Jahrhundert zu leben, zu Zeiten eines Tolstoi, der Kunst und Moral für ein und dasselbe hielt. Damit gute Kunst entsteht, braucht es keinen *guten* Künstler – es braucht einen *genialen*! Ich wage sogar zu behaupten, dass der Mensch hinter dem Künstler schlecht sein *muss*, um Großartiges zu produzieren.« Sie fuhr sich mit der Zunge über die Lippen, als würde sie jedes einzelne Wort, das sie aussprach, genießen. »Du glaubst mir nicht? Gib mir dann bitte ein Beispiel – nur ein einziges – eines echten Philanthropen und Menschenfreundes, der irgendwas künstlerisch Bedeutungsvolles geschaffen hat!«

»Bella ... wie kannst du so etwas behaupten?« Irinas Nasenflügel bebten leicht. »Das ist doch ... da gibt es sicher eine Vielzahl an Beispielen ...« Sie warf ihrer Mutter Hilfe suchende Blicke zu.

Silviu stocherte derweil in seiner Müslischale herum. Es war immer das Gleiche. Wenn Irina spürte, dass sie den Kampf verloren hatte, mussten andere für sie einspringen. Was für ein Horror-Frühstück! Er sehnte sich nach draußen, nach Sonne, Strand und Meer. Und nach Dinu.

»Kinder, wir sind im Urlaub und nicht in einem Opernseminar! Venedig wartet auf uns«, sagte Mutter, als hätte sie Silvius Gedanken gelesen. »Im Übrigen bin ich der Ansicht, dass ihr *beide* extreme Meinungen vertretet. Damit liegt man selten richtig. Ihr solltet euch erst mal fragen, was –«

»Ariana!« Eine korpulente Frau mit einer juwelenbesetzten Gucci-Sonnenbrille, die ihr Gesicht noch breiter wirken ließ, trat an den Tisch heran und fasste Mutter an der Schulter.

»Gina! *Ravie de te retrouver*!« Die beiden umarmten sich herzlich.

Silviu brauchte einen Moment, bis ihm klar wurde, dass er Dinus Mutter vor Augen hatte. Sie war fülliger, als er sie zuletzt in Erinnerung hatte. Und ihre Haarfarbe hatte sich geändert. Letztes Jahr noch rabenschwarz, erstrahlte es jetzt in üppigem Rubinrot.

Ginas Blick fiel auf Silviu. Sie nahm ihre Brille ab und ihr Mund klappte ein wenig auf. Silviu zählte drei Goldzähne.

»Du meine Güte, was für ein Prachtjunge! Neben dir sieht mein armer Dinu beinahe wie ein Bettelknabe aus, hahaha. Na, will dich aber nicht verhexen.«

Silviu wurde ganz heiß im Nacken. Lächelnd erhob er sich und streckte Gina die Hand entgegen, doch sie ignorierte das. Stattdessen drückte sie ihn so fest an sich, dass ihm für ein paar Sekunden der Atem wegblieb. Schließlich entließ sie ihn mit einem schmalzigen Kuss auf die Wange. Silviu schnappte nach Luft und musste dem Impuls widerstehen, sich mit der Handfläche über die feuchte Stelle zu fahren. Irina und Isabella, die von Gina völlig unbeachtet blieben, warfen ihm giftige Blicke zu.

»Schon sechzehn geworden, mein Früchtchen?«

»Ähm – in vier Wochen«, sagte Silviu und setzte sich wieder.

»Na, da werden die bukarester Mädels bald vor deiner Tür Schlange stehen, hahaha.« Gina zwinkerte ihm schelmisch zu. »Ja, ja, du wirst schon sehen ...«

Hitze kroch Silviu bis in die Ohrenspitzen. Er warf einen schiefen Blick zu seinen Schwestern, die beide fast synchron die Augen verdrehten. Erst jetzt schien Gina sie bemerkt zu haben und streckte ihnen herablassend die Hand, an der ein riesiger Diamantring funkelte, entgegen.

»Wo sind die Kinder?«, fragte Mutter, nachdem sich Gina vom Nachbartisch einen Stuhl geholt hatte.

»Schon am Strand. Die konnten es kaum noch aushalten, diese Wasserratten.« Sie winkte einem Kellner zu und bestellte einen Cappuccino. »Wen wundert's, schließlich sind sie ja allesamt an den Ufern der Donau aufgewachsen. Bei uns in Brăila gibt's in den Sommermonaten keinen Tag, an dem nicht gebadet wird.« Sie kramte ein Taschentuch aus ihrer Louis-Vuitton-Handtasche hervor. »Stell dir mal vor, Ariana«, sagte sie, während sie sich die Nase putzte, »neulich hat mir der Lift Boy erzählt, dass dieses Hotel demnächst stillgelegt wird.«

»Was?«, rief Irina und machte ein bestürztes Gesicht. »Das darf doch nicht wahr sein! Ein so Ehrfurcht gebietender Ort, wo seit über hundert Jahren –«

»Ehrfurcht hin oder her, aber so ist es«, fiel ihr Gina ins Wort. »Angeblich ist das Dach so undicht, dass es bei starkem Regen in die Zimmer der obersten Etage rein tropft. Stellt euch das mal vor.« Sie warf die Hände theatralisch in die Luft. »Ich kann nicht verstehen, was eure Mutter an dieser maroden Hütte gefressen hat. Als ob es kein anderes Fünfsternehotel gäbe am Lido.«

»Das gibt es sehr wohl, aber das *des Bains* ist einzigartig, auf seine Art«, entgegnete Mutter mit einem ruhigen Lächeln. »Wenn man bedenkt, welch illustre Namen damit verbunden sind ... Thomas Mann hat hier Inspiration gefunden ... Djagilew seine letzten Atemzüge getan ... Visconti seinen Film gedreht ...«

»Genau«, griff Irina eifrig den Faden auf. »und auch Ingrid Bergmann und Maria Callas haben hier logiert und –«

»Die können mir allesamt den Buckel runterrutschen«, fauchte Gina. »Mein Gicu rackert sich nicht vierzehn Stunden am Tag ab, um tote Namen am Leben zu erhalten. Wenn man schon so viel bezahlt, will man auch den bestmöglichen Komfort haben. Und da kann sich kein Hotel mit dem *Excelsior* messen. Nur euretwegen bin ich in dieser Bruchbude abgestiegen.« Sie nahm einen kräftigen Schluck von ihrem Cappuccino, der eine weiße Kontur auf ihren blutrot gefärbten Lippen hinterließ.

Plötzlich zerriss ein schriller Klingelton die Luft. Gina griff hektisch nach ihrer Handtasche, zückte ihr Smartphone und presste es ans Ohr. »Was? Ja, ich bin's, wer denn sonst? Was? Den Rasen mähen? Wo ist denn Mihai? Was? Kann dich nicht hören. Hab gesagt: WO ... IST ... MIHAI?«

Ginas gewaltiges Organ dröhnte über die Terrasse hinweg. Eine betagte Dame am Nachbartisch sah sich mit erhobenen Augenbrauen um, doch Gina schien das nicht im Geringsten zu stören.

»Wozu bezahl ich denn einen Gärtner, wenn der nicht mal imstande ist ... Was? Ach, so. Na, gut. Dann mach's du halt. Irgendjemand muss es ja schließlich machen. Was? Lass nur, schon gut. Nur pass auf, dass du keine Löcher reinmachst. Du weißt doch, wie sehr Gicu an seinem Rasen hängt. Was? Hab gesagt: KEINE ... LÖCHER! Verstanden? Also dann, Tschau.« Ein tiefer Seufzer kam aus ihrer Brust. »Kaum ist man einen Tag weg von zu Hause, schon bricht das Chaos aus.« Sie schüttelte den Kopf und steckte das Handy zurück in die Handtasche.

»Kinder, ich denke, es ist Zeit zu gehen«, sagte Mutter und erhob sich. »Dieser herrliche Tag ist viel zu kostbar, um verschwendet zu werden. *A plus tard*, Gina. Wir sehen uns dann am Strand.«

*

Silviu und Dinu wateten im Meer herum. Die Sonne stand hoch über ihren Köpfen und eine sanfte Brise wehte ihnen um die Haare. In der Nähe bauten ein paar Kinder eine Sandburg, die mit kleinen Flaggen in den Farben verschiedener Länder geschmückt war.

»Mann, bin ich froh, dass du da bist«, sagte Dinu. »Den ganzen Tag von morgens bis abends mit meinen Leuten zu verbringen, ist auf Dauer ziemlich anstrengend.«

Silviu klopfte ihm lachend auf die Schulter. »Davon kann ich ein Lied singen.«

Dinu stieß einen Seufzer aus. »Meine Alte ist richtig ätzend in letzter Zeit, der kann man's einfach nicht mehr recht machen. Na ja, und Remus – der war immer schon ein kleiner Quälgeist, aber jetzt, wo wir uns das Zimmer teilen, ist es kaum noch auszuhalten mit ihm.« Er fuhr sich mit einer Hand durch die Haare. »Täglich will er mit dem Piratenschiff segeln und vor dem Schlafengehen muss ich ihm auch noch irgend so 'ne blöde Geschichte vorlesen, stell dir das mal vor!«

»Und was ist mit Sandra?«

»Die lebt in ihrer eigenen Welt, hängt mit ihren neuen russischen Freundinnen rum.« Dinu machte eine wegwerfende Handbewegung. »Das heißt, wenn sie nicht gerade telefoniert. Hat jetzt 'nen Typen zu Hause in Brăila, weißt du, und fährt total auf den ab ...«

»Warum ist er dann nicht auch mitgekommen?«, fragte Silviu.

»Ha, da kennst du meine Alte nicht! Die hätt das nie und nimmer zugelassen. Der Typ liegt ihr ohnehin quer im Magen. Weil er nicht aus *guter Familie* kommt, wie sie sagt ... Hat alles Mögliche versucht, um Sandra den Kerl auszureden, aber ohne Erfolg. Da ist Sandra mindestens so eigensinnig wie Mutter. Hat ihr an den Kopf geworfen, dass Großvater vor der Revolution ein Schafzüchter gewesen war, bevor er sein Vermögen mit Immobilien gemacht hat. Soviel also zu ›gute Familie‹.« Dinu verzog das Gesicht zu einer Grimasse. »Na und neulich, da hat Sandra bei dem Kerl übernachtet, ohne irgendjemandem Bescheid zu geben. Du hättest Mutter sehen sollen am nächsten Tag! Halleluja! Die hat geschäumt vor Wut. Ihr Gekeife war in der ganzen Nachbarschaft zu hören.«

Silviu verkniff sich einen Lacher. Er konnte sich Ginas Gezeter gut vorstellen. Es war ihm ein Rätsel, wie Mutter und Gina über ihre gemeinsame Schulzeit hinaus Freundinnen geblieben waren. Zwei Menschen, wie sie unterschiedlicher nicht sein konnten – zumindest in Silvius Augen. »Harte Schale, weicher Kern«, pflegte Mutter über ihre Freundin zu sagen, wie um Ginas Schrulligkeit zu rechtfertigen. Und einmal, als Irina eine abfällige Bemerkung über Gina hatte fallen lassen, hatte Mutter mit strenger Miene geantwortet: »Sie war für uns da, als wir es am schwersten hatten. Das solltest du nie vergessen.«

Silviu wusste, was damit gemeint war, obwohl er sich selbst an nichts erinnern konnte. Schließlich war er gerade mal zwei Jahre alt gewesen, als es geschehen war. Jedenfalls schien nach Vaters Tod die Bande zwischen Mutter und Gina noch enger geworden zu sein, und seit einigen Jahren machten die beiden Familien auch gemeinsamen Sommerurlaub. In letzter Zeit allerdings ohne Gicu, der vor drei Jahren die Geschäfte seines Schwiegervaters übernommen hatte, und seitdem kaum noch aus seinem Büro rauskam, wie Gina jedes Mal aufs Neue klagte. »Irgendwann kriegt er noch einen Herzinfarkt, Gott bewahre uns davor! So einen Stress hält doch kein Mensch auf Dauer aus ...«

Silviu warf seinem Freund einen forschenden Blick zu. »Was ist eigentlich aus dir und Mara geworden?«

»Ach, die!« Dinu machte ein Gesicht, als hätte er in eine Zitrone gebissen. »Die ist passé. Schon seit über zwei Monaten. Hat sich 'nen Kerl aus der Elften geschnappt. Irgend so 'n Warmduscher aus der Schulmannschaft, für den sie jetzt Cheerleader machen kann. Und weißt du was? Ich bedaure es kein bisschen. Dieses ständige Herumknutschen ging mir sowieso auf 'n Wecker.« Er schwieg einen Moment und schien zu überlegen. »Also gut, dir kann ich's ja verraten: Ich bin mit Mara nur ausgegangen, weil ... weil das eben so üblich ist ... weil alle Jungs in meiner Klasse schon 'ne feste Freundin gehabt haben, nur ich nicht. Aber innerlich, da hab ich gar nichts gespürt. Innerlich war ich leer, verstehst du?«

Dinu blieb stehen und packte Silviu am Arm. »Wenn man die anderen so reden hört ...«, seine Stimme zitterte leicht, »... über ihre Mädels, und was sie schon alles miteinander machen, und wie geil sie's finden ... da denk ich mir manchmal ... na ja, ich denk mir ... vielleicht ...«

»Hei, Silviu!«

Ein junges Mädchen löste sich aus einer Gruppe kichernder Teenager und trippelte auf sie zu. Sie trug einen äußerst knappen Bikini und ihr kunstvoll gelocktes Haar strahlte in knalligem Pink.

»Hei, Sandra«, sagte Silviu und grinste ihr zu.

Dinus Schwester nahm die Sonnenbrille ab, umarmte Silviu und küsste ihn auf beide Wangen. »Mann, bist du aber fesch geworden!« Sie strich ihm durch die Haare.

Silvius Ohren begannen zu glühen und er wurde unwillkürlich an Ginas Bemerkung von vorhin erinnert. Aus dem Augenwinkel sah er, wie sich ein Schatten über Dinus Gesicht legte.

Sandra schien es ebenfalls zu bemerken, denn sie warf Dinu einen neckischen Blick zu. »Jetzt, da sein Prinz endlich bei ihm ist, schlägt wohl auch Brüderchens Herz wieder munterer, nicht wahr?« Sie wartete Dinus Antwort gar nicht erst ab, sondern wandte sich glucksend wieder an Silviu: »Wusstest du eigentlich, dass du so einen glühenden Verehrer hast?«

»Ähm –« Silviu starrte auf seine Füße.

»Kannst dir gar nicht vorstellen, was er für ein Theater aufgeführt hat, seitdem wir hier sind.« Sandra rollte mit den Augen. »Silviu dies und Silviu das – tagein, tagaus. Ich konnt's kaum noch hören. Der wäre mit Sicherheit durchgedreht, wenn du auch nur einen Tag später gekommen wärst ...«

Auf Dinus Gesicht glühten scharlachrote Flecken, doch er schwieg und starrte hinaus aufs Meer. Am Horizont glitt ein Kreuzfahrtschiff wie ein vorzeitliches Meeresungetüm an ihnen vorbei.

»Sandra, kommst du?«, rief ein Mädchen auf Englisch. Die Gruppe schwatzender Teenager entfernte sich langsam.

Sandra winkte ihrer Freundin zu. »Also, ich muss los. Wir sehen uns. Tschau.« Sie tätschelte Silviu den Arm, setzte ihre Sonnenbrille wieder auf und lief mit tänzelnden Schritten davon.

»Mein liebes Schwesterlein – ein hoffnungsloser Fall«, sagte Dinu mit einem Seufzen, als sie außer Hörweite war, doch die Röte war ihm noch nicht ganz aus dem Gesicht gewichen.

Sie gingen noch eine Weile schweigend nebeneinander her. Das Meer war so weit vom Strand zurückgetreten, dass es mehrere Reihen langer Sandbänke freiließ. Sie durchschritten das seichte Wasser bis zur ersten Sandbank und hockten sich nieder. Kinder planschten in ihrer Nähe und quiekten vergnügt. Silviu stützte sich auf die Ellenbogen und schaute hinaus aufs offene Meer. Kleine Wellen umspülten seine Zehen. Weiter draußen ruderten ein paar junge Menschen in kleinen, bunt gestrichenen Booten. Manche kenterten lachend.

Silviu schloss die Augen und ließ sich treiben. Sonne, Wind und Wasser spielten auf seiner Haut. Endlich Ferien. Endlich weg von Bukarest, das im Sommer einem Backofen glich, und wo es manchmal so stickig war von Auspuffgasen, dass einem die Lungen davon brannten. Seine Nüstern weiteten sich und er atmete gierig die salzige Meeresluft ein.

Plötzlich spürte er eine sanfte Berührung. Dinu legte ihm eine Hand um die Schulter und zog ihn sachte an sich heran, bis sich ihre Köpfe berührten. »Ich bin echt froh, dass du da bist«, säuselte Dinu ganz dicht an seinem Ohr.

Eine Gänsehaut lief Silviu über den Rücken. Sein Herz begann schneller zu schlagen. Mit geschlossenen Augen lauschte er dem Rauschen des Meeres und dem Treiben am Strand und wünschte sich, die Zeit würde für ein paar Augenblicke stillstehen.

*

Silviu fläzte sich auf seine Liege, immer noch ein wenig außer Atem vom Schwimmen. Die feuchten Badeshorts klebten ihm am Körper, betonten die ausgebeulte Stelle. Nicht schon wieder – war das lästig! Es konnte eine Ewigkeit dauern, bis es wieder nachließ ... Silviu umhüllte sich fest mit seinem Strandtuch und schielte zu Dinu hinüber, der mit Kopfhörern bäuchlings neben ihm lag und seine Zehen rhythmisch in den Sand stieß. Ob Dinu wohl vom gleichen Problem geplagt wurde? Auf seinen braun gebrannten Oberarmen zeichneten sich deutlich Muskeln ab. Wie gern hätte Silviu auch solche Muskeln gehabt. Dann hätte er es Dinu nachmachen und weit hinaus ins Meer schwimmen können, anstatt immer in Ufernähe zu bleiben. Er machte sich keine Sorgen, wenn Dinu erst nach einer gefühlten Ewigkeit wieder aus den Wellen auftauchte, wusste er doch, dass sein Freund ein ausgezeichneter Schwimmer war.

Silviu hingegen konnte sich nie ernsthaft für irgend-einen Sport begeistern. Er warf einen skeptischen Blick auf seine schmächtigen Oberarme, die käseweiß aus dem Strandtuch herausragten. Vielleicht sollte er den Sportunterricht nicht mehr so oft schwänzen ... oder die Gewichte zur Abwechslung mal stemmen, statt sie nur angeberisch in seinem Zimmer zu lagern.

Nach einer gefühlten Viertelstunde hatte die Schwellung endlich abgenommen. Silviu streifte das Strandtuch ab, kramte in seinem Rucksack herum und holte seinen E-Reader hervor.

»Was liest du denn da?« Dinu hatte die Kopfhörer abgelegt und blickte neugierig zu ihm auf.

Wortlos streckte Silviu ihm den Kindle vor die Nase.

»Was – Harry Potter und der Halbblutprinz?« Dinu verdrehte die Augen. »Also, ich kann, ehrlich gesagt, mit diesem Zauberhokuspokus nicht wirklich was anfangen.«

Silviu schwieg und lächelte in sich hinein. Er liebte die Harry-Potter-Bücher. Vor allem aber liebte er die Idee, dass es irgendwo da draußen eine Parallelwelt geben könnte, die anders war als die, in der er lebte. Insgeheim graute ihm vor dem Gedanken, erwachsen zu werden – und zwar erwachsen wie all die Erwachsenen, die er so kannte. Wie etwa Onkel Darius, der eine eigene Firma mit über fünfzig Angestellten hatte, und vom frühen Morgen bis zum späten Abend die Zeit in seinem Büro vor einem Computer mit drei nebeneinanderstehenden Bildschirmen verbrachte; der mit noch nicht einmal vierzig schon eine Glatze hatte, und einen Bauch, der über beide Armlehnen quoll, wenn er in seinem Chefsessel saß; der einen Mercedes der S-Klasse fuhr und eine Geliebte hatte, über die seine Frau, und überhaupt alle in der Familie, Bescheid wussten, aber so taten, als wüssten sie's nicht. Zu allem Übel war die Nebenbuhlerin auch noch eine Zugereiste aus der Moldau (Irina rümpfte jedes Mal die Nase, wenn davon die Rede war), für die Onkel Darius eigens ein Appartement in der Bukarester Innenstadt mietete. Ein Skandal.

War das das Erwachsenenleben, das auch Silviu bevorstand? Er hatte nicht das geringste Bedürfnis nach einem Mercedes, auch nicht nach einer Frau und schon gar nicht nach einer Geliebten. Und als braver Angestellter, der tagein tagaus seinen Geschäften nachging, sah er sich auch nicht. Nicht einmal, wenn er's bis in die Chefetage schaffen sollte. Nein, er wollte keineswegs so werden wie Onkel Darius. Es musste auch anders gehen. Selbst wenn Harry Potters Zauberwelt ein Fantasieprodukt war, so musste es doch noch eine andere Welt geben, davon war Silviu überzeugt – eine Welt voller Abenteuer und Witz, lebendig, aufregend und knallbunt. Doch wo lag der Schlüssel versteckt, der Eintritt in diese geheime Welt gewährte?

Jäh wurde Silviu aus seinen Gedanken gerissen. Remus stand plötzlich neben ihnen.

»Hei, Dinu.«

Dinu stieß einen Seufzer aus. »Was willst du?«

»Komm, lass uns eine Sandburg bauen.«

»Nee, kein Bock.« Dinu drehte seinem Bruder den Rücken zu, zückte sein Smartphone und begann, in schneller Abfolge mit dem Daumen über das Display zu fahren.

Remus trat einen Schritt näher. »Bitte ...«

Eine peinliche Pause entstand, während Dinu so tat, als würde er Remus nicht hören.

»Bitte, Dinuuh!«

»Lass mich in Ruhe, Schrumpelschwanz! Ich bin zu alt für so 'n Quatsch, kapiert?«, rief Dinu verärgert, ohne von seinem Smartphone aufzublicken. »Wo sind die anderen Wichte, mit denen du sonst herumhängst? Mach doch mit denen deine Sandburg.«

»Aber ich will sie mit dir machen ...«

»Schluss jetzt!« Dinu steckte das Handy weg und setzte sich auf. »Los, hau ab!«

Remus begann zu schluchzen, dicke Tränen kullerten über seine rosigen Wangen. Er trottete zu Silviu herüber, kauerte sich auf den Boden und vergrub seinen Kopf in den Händen.

Silviu war schon im Begriff, ihm etwas Aufmunterndes zu sagen, da ertönte von Weitem eine heisere Stimme: »Coco bello ..., coco ...! Mjam, mjam!«

Ein ausgemergelter Schwarzer mit einem Filzhut auf dem Kopf ging durch die Reihen, einen schwer beladenen Plastikeimer unterm Arm. Keiner der Badegäste schien ihn zu beachten.

»Nicht schon wieder dieser Kerl.« Dinu stöhnte. »Der bringt einen ja zum Verzweifeln. Coco bello – Coco bello –«, er äffte die krächzende Stimme des Mannes nach. »Tagein tagaus nur Coco bello. Mann, geht mir der Typ auf den Wecker!«

Silviu schaute sich nach dem Kokosnussverkäufer um. »Nun sei doch nicht so grantig. Die müssen doch lecker sein. Nicht wahr, Remus?«

Der Kleine reckte den Kopf, das Gesicht noch ganz feucht, und strahlte Silviu an. Silviu zwinkerte ihm zu und hob eine Hand.

Im Nu war der Mann zur Stelle. »Coco bello ... coco ... Mjam, mjam. Gut – gut –«

»Was kosten die?«, fragte Silviu und griff nach seinem Portemonnaie.

»Nix kosten. Für dich gratis. Du schöne Junge, du!« Ein breites Grinsen legte sich über das vernarbte Gesicht des Mannes und entblößte seinen fast zahnlosen Mund. Er öffnete den Deckel und hielt Silviu den Eimer hin. Halbmondförmige Scheiben von Kokosnüssen, in Eiswasser schwimmend, kamen zum Vorschein. »Nehmen ... nehmen, nur zu! Gut ... gut! Für schöne Junge nix kosten. Nehmen, wie viel du wollen!«

Silviu nahm drei Scheiben und hielt sie den anderen hin. Der Kleine wischte sich die Tränen von den Wangen und langte gierig zu. Dinu verdrehte die Augen, lehnte aber nicht ab. Silviu legte seine Scheibe beiseite und kramte in der Geldbörse nach ein paar Münzen. Er konnte von diesem armen Schlucker doch keine Geschenke annehmen. Als er aufblickte, war der Mann aber schon über alle Berge. Nicht zu glauben. Hatte er etwa Flügel? Nur seine Stimme war noch aus einiger Entfernung zu vernehmen, wurde immer leiser, erstarb schließlich: »Coco bello, coco ... mjam, mjam ...«

Dinu wischte sich mit dem Handrücken über den Mund. »Hei, wie hast du das nur gemacht?«

»Was denn?«

»Wie hast du ihn bloß dazu gebracht, kein Geld anzunehmen? Mir hat ein Fremder noch nie etwas geschenkt ...«

Silviu zuckte mit den Achseln. Er war es mittlerweile gewohnt, dass die Leute ihn mit besonderem Wohlwollen behandelten. Warum das so war, wusste er nicht,

und er hatte sich bisher auch nie groß Gedanken darüber gemacht. Es war eine Tatsache, die er einfach so
hinnahm, ohne sie zu hinterfragen. So wie damals bei
Capşa, als der Kellner Silviu eine extra Portion Schoko-
laden Parfait vor die Nase gestellt hatte, angeblich ein
Gruß aus der Küche. Niemand hatte ein Wort darüber
verloren, doch an Isabellas Gesichtsausdruck konnte
sich Silviu noch heute erinnern ... Oder vor zwei Jahren
in der Prager Altstadt, als eine Straßenkünstlerin Silviu
gratis porträtiert hatte. (Das eingerahmte Bild hing immer noch in Mutters Arbeitszimmer, direkt über ihren
Schreibtisch).

Dinu blickte ihn weiterhin fragend an. »Hast du etwa
magische Kräfte erlangt, seitdem du dieses Buch liest?«

Ein Prickeln breitete sich in Silvius Magen aus. Vielleicht hatte Dinu recht, und er war tatsächlich so was
wie ein Zauberer? Das würde einiges erklären ... Er
wich Dinus Blick aus, sprang auf und fuhr Remus mit
der Hand durch die Haare. »Komm, lass uns die Sandburg bauen.«

*

Es war bereits gegen sechs, als sie den Strand verließen. Sie nahmen den Weg durch das Pinienwäldchen
hinter den Strandhütten zurück ins Hotel. Ein Mann
von beachtlicher Größe kam ihnen entgegen, mit hän-
genden Schultern und schlurfenden Schritten, wie einer, der nach einer langen Schlacht aus dem Krieg zu-
rückkehrte. Er trug so etwas wie eine Aktentasche bei

24

sich. Beim Näherkommen fiel Silviu auf, dass der Mann gar nicht so alt war, wie er im ersten Moment gewirkt hatte – zumindest nicht älter als Onkel Darius. Mit seiner Hakennase und den schwarzen Haaren, die ihm in Strähnen übers blasse, spitze Gesicht hingen, hatte er eine gewisse Ähnlichkeit mit – Professor Snape. War das nicht derselbe Typ, mit dem Silviu heute Morgen im Frühstücksraum beinahe kollidiert war?

Silviu lächelte ihn im Vorbeigehen an und erneut blitzte jener seltsame Ausdruck von Staunen und Betroffenheit in den eingesunkenen Augen des Mannes auf. Er lächelte nicht zurück, sondern schlug die Augen nieder und beschleunigte seine Schritte.

Eine merkwürdige Kälte stahl sich in Silvius Brust. Was für ein komischer Kauz. Dem sollte er zukünftig besser aus dem Weg gehen.

Als sie schon fast bei der Via Marconi angelangt waren, blieb Silviu einem Impuls folgend stehen und blickte vorsichtig über die Schulter zurück. Der Mann hatte am anderen Ende der Allee ebenfalls haltgemacht und wandte Silviu das Gesicht zu. Für ein paar Augenblicke verharrten beide reglos und starrten sich an, dann senkte der Mann den Kopf und verschwand hinter den Bäumen.

ZWEITES KAPITEL

Für Silviu begann eine Zeit des entspannten Badelebens und fröhlichen Müßiggangs. Die Tage reihten sich im wohligen Gleichtakt aneinander wie die Perlen an Mutters Halskette: vormittags Aufenthalt am Strand, um halb zwei Lunch im Hotel, meistens von Kellner Luigi (einem Venezianer der alten Schule, wie Mutter einmal bemerkte) auf leisen Sohlen serviert; anschließend Kaffee auf der schattigen Gartenterrasse, wo sich Mutter und die Schwestern dann für ein bis zwei Stunden mit einem Buch in einem der bequemen Sessel ausruhten, während Silviu es bevorzugte, mit Kopfhörern durch den Hotelpark zu lustwandeln oder sich unter einem Sonnenschirm am Pool auszustrecken.

So gegen fünf nahmen er und die Seinen dann das Vaporetto nach San Marco. Meistens schloss sich ihnen Dinu an, mit Remus im Schlepptau. Gina und Sandra hingegen kamen nur selten mit und blieben stattdessen lieber im Hotel zurück, weil das Getümmel der vielen Touristen Gina zu sehr anstrengte. »Ich hab das Gefühl, mich auf dem Promenadendeck eines Kreuzfahrtschiffes zu befinden«, hatte sie geklagt, als sie eines Nachmittags zusammen an der Station Zaccaria, gegenüber vom Hotel Danieli, ausgestiegen waren, und sich einen Weg durch die brechend volle Riva degli Schiavoni hinüber zum Markusplatz gebahnt hatten. »Ich versteh nicht, was an dieser Seufzerbrücke so toll sein soll. Alle glotzen sie an, als ob es sich um das siebte Weltwunder handelt – und verstopfen den Verkehr. Man kann sich da kaum noch hindurchschlängeln, och ...«

Abends jedoch spülte die Lagunenstadt die vielen Eintagesbesucher weg und dann genoss Silviu die ausgedehnten Spaziergänge durch die *calle* und *campi* rund um San Marco. Der Zauber der *Serenissima* entfaltet sich erst nach dem Sonnenuntergang, hatte Mutter ihnen schon am ersten Tag gesagt. Und tatsächlich konnte Silviu am späteren Abend die Magie dieser wundersamen Stadt beinahe mit Händen greifen. Er begegnete ihr überall: in der von den letzten Sonnenstrahlen golden schimmernden Fassade des Markusdoms, in den engen, verschlungenen Gassen der Mercerie, wo sich die sonderbarsten Düfte miteinander vermischten, die unzählige Garküchen, Parfümerieläden und Lederwarengeschäfte gleichzeitig verströmten, oder aber in der glitschigen, ins Wasser reichenden Marmortreppe der Santa Maria della Salute. Allerdings empfand er den Zauber auch an eher unscheinbaren Orten, wie etwa in einer Brücke am Campo S. Angelo, die über einen stillen Kanal führte, und deren Bogen einem Kamelrücken ähnelte, oder in dem verborgenen Garten eines Palazzos am Canal Grande, an dessen verwitterter Mauer sich der lange Zweig einer Pfingstrose schlängelte. Und selbst in dem sich vermischenden Klang der beiden Café-Orchester des Florian und des Quadri, die allabendlich ihre Walzer über den Markusplatz schmetterten, war noch etwas Magisches.

Manchmal schien Venedig nichts anderes als ein riesiger Basar zu sein, bis man plötzlich vor einer Kirche stand, in deren Inneren sich Gemälde berühmter Maler verbargen – was Irina und Isabella jedes Mal Anlass zu einem ihrer gefürchteten Wortwechsel lieferte. Für die eine gab es keinen Größeren als Tintoretto, während die andere die Farben Tizians in den Himmel lobte. Silviu betrachtete meist schweigend die Gemälde und konnte in ihnen auch einen Hauch von Magie spüren, selbst wenn er nur wenig von bildender Kunst verstand. Man zog von einer Kirche zur nächsten und der anfängliche Basar wandelte sich allmählich in ein riesiges Freilichtmuseum.

Bei seinen Streifzügen durch die Stadt hatte Silviu seine neue Nikon Spiegelreflexkamera – Großvaters Geschenk zur vergangenen Weihnacht – immer dabei und schon nach wenigen Tagen an die fünfhundert Fotos im Kasten.

»Ist es nicht ein bisschen öde, immer die gleichen Dinge zu fotografieren?«, hatte Dinu ihn gegen Ende der ersten Woche stirnrunzelnd gefragt.

Die Straßenlaternen Venedigs – das war Silvius Thema, das er zu Beginn des neuen Schuljahres im Fotoclub des Gymnasiums vorstellen wollte. Es war nicht ganz leicht, in der vielleicht am meisten fotografierten Stadt der Welt ein originelles Thema zu finden. Doch er hatte nicht lange überlegen müssen. Schon am ersten Abend waren ihm die dreiarmigen Laternen ins Auge gefallen, die es praktisch überall gab, und die die Umgebung in warmes, gelbes Licht tauchten. Die Laternen sahen zwar alle gleich aus, aber sie aufzuspüren und in den passenden Kontext zu setzen, war kein bisschen öde, denn die Hintergründe machten den Unterschied: Paläste, Kirchen, Brücken, Kanäle, Gondeln – eine schier endlose Zahl an Motiven bot sich ihm am. Zwar gab es Dutzende Laternen am Markusplatz, vor dem Dogenpalast oder an der Riva, aber Silviu bevorzugte weniger bekannte, weniger postkartenmäßige Motive. Er suchte die Plätze abseits der Touristenpfade rund um San Marco, Accademia und Rialto auf, wo es am späteren Abend fast menschenleer war. So bekamen seine allabendlichen Spaziergänge durch die Stadt einen Sinn, waren kein zielloses Umherstreifen mehr, sondern gezieltes Suchen und Forschen nach immer neuen Fotomotiven.

Hin und wieder begegneten ihm in den verwinkelten Gassen auch bekannte Gesichter, Gäste des Bäderhotels, die er tagtäglich zu den Essenszeiten oder am Strand traf. Meistens nickte oder winkte man sich nur zu und ging dann wortlos aneinander vorbei.

Eines Abends jedoch – sie waren gerade auf dem Weg zurück zum Markusplatz – kam ihnen in einem langen, schmalen Korridor, in dem kaum zwei Menschen nebeneinander Platz hatten, eine hünenhafte Gestalt mit einem Reisstrohhut auf dem Kopf entgegen. Trotz einbrechender Dämmerung erkannte Silviu den Mann an seinem schlurfenden Gang sofort. Augenblicklich kroch ihm jenes kalte Gefühl in die Brust, das er schon bei der letzten Begegnung verspürt hatte. Der Mann blieb für einen Moment wie angewurzelt stehen und schaute sich nach allen Seiten um, als suchte er nach einer Ausflucht. Doch es war in dem engen Korridor kein Ausweichen möglich. Schließlich setzte er sich wieder in Bewegung, kam zögernd näher und musste sich an die Wand drücken, um zuerst Mutter, dann Irina und anschließend Isabella vorbeizulassen. Silviu, der das Schlusslicht bildete, wollte ihm den Vortritt lassen, und stellte sich in einen Hauseingang. Der Mann neigte den Kopf zum Zeichen des Danks und preschte vorbei, die Augen auf den Boden fixiert.

Am anderen Ende des Ganges angelangt – die Seinen waren gerade um die Ecke gebogen –, drehte sich Silviu nach dem Mann um. In seinem Magen formte sich ein Eisklumpen. Tatsächlich war der Typ wieder stehen geblieben, wie schon vor Tagen im Pinienwäldchen. Er stand da wie ein riesiges Fragezeichen, mit krummem Rücken, das Gesicht unter dem Strohhut verborgen, und schaute zu Silviu. Eine geschlagene Minute taxierten sie einander, dann machte der Mann auf dem Absatz kehrt und verschwand in eine Seitengasse.

Silviu blinzelte. Was hatte das zu bedeuten? Wer war dieser Mann? Warum hielt er nach Silviu Ausschau und vermied gleichzeitig den Blickkontakt aus der Nähe? Silviu war es gewohnt, dass ihn Leute anlächelten und ihm freundlich zuzwinkerten, doch diesem Mann lag er offenbar quer im Magen. Er blieb noch eine Weile unschlüssig stehen und starrte in den menschenleeren Korridor. Da vernahm er von Weitem Bellas ungeduldige Stimme: »Silviuuh!«

Er zuckte die Achseln, drehte sich um und spurtete los.

*

Wie immer in den Abendstunden herrschte am Campo Santo Stefano buntes Treiben. Kinder tollten herum oder spielten Fußball, während afrikanische Straßenverkäufer bunte Leuchtkörper feilboten, die sie hoch in die Luft sausen ließen. Die Restaurants und Bars waren brechend voll.

Sie machten zwar erst seit einer knappen Woche Ferien, doch Silviu kam es vor, als wäre seit ihrer Ankunft schon eine halbe Ewigkeit vergangen. Er und die Seinen hatten auf zwei Bänken neben einem marmornen Brunnen Platz genommen, der von mythologischen Figuren gesäumt war, aus deren Mündern Wasser sprudelte. Bis zum Abendessen war noch eine gute halbe Stunde Zeit. Isabella war in einer Ausgabe des *Gazzettino* vertieft, während Mutter und Irina leise miteinander sprachen. Von Ginas Familie war diesmal nur Dinu dabei.

Silviu schaute sich auf dem Display der Kamera die Bilder an, die er vorhin von der Brücke zur Accademia geschossen hatte. Es waren Aufnahmen der Salute-Kirche, und Dinu war ihm mit dem Stativ behilflich gewesen.

»Wow, die sind toll«, sagte Dinu und beugte sich zu Silviu herüber.

Skeptisch begutachtete Silviu eines der Bilder. »Ich hätte die ISO-Empfindlichkeit niedriger einstellen können. Da ist noch ein wenig Rauschen drin.«

»Ach was, sei doch nicht so ein Perfektionist! Die Fotos sind megacool, die eines echten Künstlers.« Dinu lachte laut auf und stieß ihn leicht mit dem Ellenbogen an.

Silviu beobachtete seinen Freund aus dem Augenwinkel. Irgendwas war mit Dinu los. Was genau es war, konnte Silviu beim besten Willen nicht erraten. Es schien, als wäre Dinu einfach nicht mehr so locker wie gewohnt. Als würde er versuchen, ein anderer als er selbst zu sein.

Früher hatten sie sich ziemlich häufig gestritten, wie es unter Jungs so üblich war, und Dinu konnte dabei mitunter ziemlich grob sein. Silviu erinnerte sich noch gut an den Tag vor fast genau zwei Jahren, als Dinu ihn am Strand von Heraklion beinahe erstickt hätte. Das Ganze hatte mit einem harmlosen Spiel begonnen, als Silviu seinem Freund versehentlich eine Handvoll Sand ins Gesicht geschleudert und ihn dabei geblendet hatte. Daraufhin hatte Dinu ihn zum Ringkampf gezwungen, der schon bald mit der Niederlage Silvius endete. Doch weit davon entfernt, die Sache damit auf sich zu belassen, hatte Dinu, auf Silvius Rücken kniend, dessen Gesicht so fest in den Sand gedrückt, dass Silviu schon bald die Luft ausging und Sterne vor seinen Augen tanzten. Ein Glück, dass Gina rechtzeitig dazwischengegangen war und Dinu ein paar saftige Ohrfeigen verpasst hatte – wer weiß, was sonst geschehen wäre …

Und jetzt war Dinu plötzlich wie verwandelt, zahm wie die Eichhörnchen im Cişmigiu-Park. Was auch immer Silviu tat oder sagte, Dinu war sofort damit einverstanden. Und noch etwas war Silviu aufgefallen: Jedes Mal, wenn er Dinu direkt in die Augen schaute, wandte dieser schon nach ein paar Sekunden den Blick wieder ab. Sogar äußerlich hatte Dinu sich verändert. Er erschien jetzt allabendlich eingehüllt in eine Wolke Parfüm und rieb sich zum Ausgehen die Haare reichlich mit Wachs ein. Nur stellte er es meistens so ungeschickt an, dass die Strähnen wie bei einem Igel in alle Richtungen abstanden. Silviu musste sich jedes Mal ein Lachen verkneifen, wenn er ihn derart gestylt sah.

»Heh, das ist aber nicht lustig«, rief plötzlich Isabella und hielt sich die Zeitung dicht vor die Augen. »Heute wurden zwei Fälle mit Cremona-Virus in Venedig gemeldet.«

»Welches Virus?«, fragte Irina und beugte sich zu ihrer Schwester hinüber.

»Cre-mo-na!« Isabella richtete einen Finger auf die Schlagzeile. »Verfolgst du denn nicht die Nachrichten? Die Rede ist von diesem neuen Erreger, der vor etwa einem Monat erstmals in Italien aufgetaucht ist.«

Irina runzelte die Stirn. »Hat das irgendeinen Bezug zur Geigenbauerstadt?«

»So wenig, wie die Geige dieses Musikanten hier«, sagte Isabella und deutete auf einen Straßenmusiker, der ein paar Meter weiter auf seiner Fiedel eine bekannte Arie aus einer Rossini-Oper zerfetzte. »Es bezieht sich auf einen Infektiologen aus Mailand, der den Erreger als Erster identifiziert hatte: Dr. Paolo Cremona. Der hat auch umgehend die WHO in Genf und die ECDC in Stockholm informiert, dass es sich um ein neues und offenbar hoch infektiöses Virus handelt, und warnt eindringlich vor einer Epidemie ...«

»Meines Wissens wurden aber bisher noch keine Fälle außerhalb der Lombardei gemeldet«, schaltete sich Mutter in das Gespräch ein.

»*Bisher*«, sagte Isabella mit Betonung auf das Wort. »Aber es war doch nur eine Frage der Zeit, bis sich das Virus auch in andere Regionen verbreitet ...«

Silviu legte die Kamera beiseite. »Und was genau verursacht dieses Ding?«

Isabella, die seit vergangenem Herbst in Bukarest Medizin studierte, ließ nicht lange mit der Antwort auf sich warten. »Zunächst einmal Symptome wie bei einer Influenza: Fieber, Kopf- und Gliederschmerzen, Husten, manchmal mit blutigem Auswurf. Erst später, nach zehn bis vierzehn Tagen, kommt es in einigen Fällen zu einem lebensbedrohlichen Verlauf: die Lunge vereitert, verhärtet und füllt sich langsam mit Blut – die Ärzte sprechen von einer atypischen Pneumonie – und in diesem Fall muss intubiert werden, sonst erstickt der Patient am eigenen Blut ...«

»Was heißt intubieren?«, fragte Dinu.

»Das heißt, dem Patienten wird ein Schlauch durch Rachen, Kehlkopf und Luftröhre bis in die Lungen geschoben, um die Atmung zu unterstützen. Natürlich geht das nur im künstlichen Tiefschlaf – aus dem dann manche nicht mehr erwachen ... Allerdings ist noch nicht klar, wie hoch die Mortalitätsrate tatsächlich ist.«

Irina zog die Augenbrauen hoch. »Und man kann nichts dagegen tun – ich mein, heutzutage mit den ganzen Antibiotika und so?«

»Antibiotika blockieren Stoffwechselvorgänge von Bakterien und machen sie damit unschädlich«, erklärte Isabella und setzte eine Miene auf, die Silviu bekannt vorkam – es war die gleiche, strenge und ein wenig herablassende Miene, die auch seine Biologielehrerin Professor Mnohoditnei zur Schau trug, wenn sie der Klasse einen komplizierten Sachverhalt darlegte. »Für Viren gibt es nichts Vergleichbares. Viren sind viel kleiner als Bakterien (man kann sie nur unterm Elektronenmikroskop sehen) und haben im Unterschied zu Bakterien keinen eigenen Metabolismus. Sie bestehen meistens nur aus ein wenig Erbmaterial, umhüllt von einer Eiweißkapsel – jemand bezeichnete sie einmal als »schlechte Nachrichten, verpackt in Protein« –, und kapern daher die Maschinerie der Wirtszellen, um sich zu vermehren. Deshalb sind sie viel schwerer zu treffen, ohne dabei auch die menschlichen Zellen in Mitleidenschaft zu ziehen.« Sie hielt einen Moment lang inne und schien zu überlegen. »Natürlich könnte man es mit einigen antiviralen Medikamenten versuchen ... Remdesivir, zum Beispiel, hat bei Ebola recht gut funktioniert ...«

»... oder man entwickelt einen Impfstoff«, warf Mutter ein.

»Richtig«, stimmte ihr Isabella zu. »Aber bis man einen solchen auf den Markt bringt, werden vermutlich noch Jahre vergehen. RNA-Viren haben bekanntlich eine hohe Mutationsrate und darüber hinaus kommt es häufig zu einem *Reassortment* – also einem zufälligen Austausch ganzer Genomabschnitte zwischen Virionen verschiedener Typen. Ein Experte des Robert-Koch-Instituts meinte, dass –«

»Kinder, wir müssen los«, sagte Mutter, nachdem sie einen Blick auf ihre Armbanduhr geworfen hatte, und erhob sich. Isabella, die das Thema offenbar noch gerne weitergesponnen hätte, machte ein enttäuschtes Gesicht und verstaute die Zeitung in ihre Handtasche.

Sie verließen den Campo St. Stefano und bogen in eine schmale Sackgasse, an deren Ende sich eine kleine Osteria befand. Luigi, der Kellner vom Bäder-Hotel, hatte ihnen das Lokal neulich empfohlen.

»Im Bacareto gibt's den besten Seeteufel in ganz Venedig«, hatte er gesagt und sich mit der Zunge genüsslich über die wulstigen Lippen geleckt.

Sie vertrauten seiner Empfehlung und bestellten alle das Gleiche: *coda di rospo alla griglia*, nebst einer Flasche Pinot Grigio superiore. Und sie wurden nicht enttäuscht.

»Der beste Fisch, den ich jemals gegessen habe«, nuschelte Dinu eine halbe Stunde später.

Irina warf ihm einen spöttischen Blick zu. »Sagt einer, der aus Brăila kommt, wo der Fisch nun wahrlich keine Seltenheit ist.«

»Das stimmt«, sagte Dinu kauend. »Aber seit ich mich erinnern kann, gab's bei uns zu Tisch entweder 'nen Wels oder 'nen Hecht. Ab und zu mal 'nen Huchen. Das hier«, er zeigte auf seine Gabel, an der ein mächtiges Stück Seeteufel hing, »ist was ganz anderes. Ich wette, selbst Mutter würde das Wasser im Mund zusammenlaufen, und die ist ziemlich pingelig, was Fische anbelangt.«

»Noch ein Glück, dass der Kellner uns vor der Zubereitung nicht den Fisch als Ganzes präsentiert hat«, sagte Irina. »Ich glaub, ich hätte dann keinen Bissen mehr runtergekriegt. Dieser Drachenkopf, das riesige Maul – Urghhh.«

»Und doch ist sein Fleisch so zart und lecker, dass die Gourmets sich darum reißen«, warf Silviu ein. »Was wieder einmal beweist, dass man Dinge nicht nur nach dem Äußeren beurteilen sollte.«

»Oh, mein Brüderchen ist mal kurz aus seiner Traumwelt aufgetaucht und serviert uns auch gleich eine Lebensweisheit.« Irina schürzte die Lippen. »Chér Silviu, wir sprechen hier von einem Fisch, nicht von Menschen!«

»Aber er hat recht«, ereiferte sich Dinu. »Stell dir mal vor, du triffst einen Menschen, der in dir das gleiche abstoßende Gefühl hervorruft wie der Anblick eines Seeteufels. Du willst nichts mit ihm zu tun haben, du gehst ihm aus dem Weg, du willst erst gar nicht wissen, wer er ist, was er denkt. Nur aufgrund seines Äußeren. Und doch kann es sich um einen der edelsten und treuherzigsten –«

»Quasimodo, der Glöckner von Notre-Dame.« Irina verdrehte die Augen. »Wir kennen alle die Geschichte, lieber Dinu, du brauchst sie uns nicht noch mal aufzutischen. Außerdem war ohnehin klar, dass du Silviu in allem Recht geben würdest, selbst wenn ich tausendmal richtiger läge als er.«

»Aber so hab ich's doch gar nicht gemeint«, entgegnete Dinu und lief puterrot an. »Was ich sagen wollte, war doch nur, dass –«

»Lass es gut sein, Dinu«, unterbrach ihn plötzlich Isabella und setzte damit der Unterhaltung ein Ende. »Wisst ihr was? Ich hätte noch Lust auf was Süßes. Wie wär's, wenn wir auf dem Weg zurück noch einen Abstecher ins Florian machen?«

»Eine ausgezeichnete Idee«, stimmte Mutter ihr zu. »Da gibt es nämlich die beste heiße Schokolade der Welt. Dazu noch in schönen Porzellantässchen serviert. *Allons-y!*«

*

Es war schon fast Mitternacht, als das Vaporetto der Linie Eins an der Anlegestelle am Lido haltmachte. Müdigkeit kroch Silviu in die Beine und der Fußweg zurück ins Hotel erschien ihm länger als sonst. Nur mit halbem Ohr hörte er hin, was Dinu ihm erzählte, und unterdrückte mehrmals ein Gähnen. Als sie die Eingangshalle durchquerten, nahm ihn Dinu kurz zur Seite.

»Komm in fünfzehn Minuten runter«, flüsterte er ihm zu.

Zurück auf seinem Zimmer warf sich Silviu angezogen aufs Bett und stierte zur Decke hoch. Was Dinu wohl im Schilde führte? Eigentlich hatte er keine große Lust mehr auf irgendein Abenteuer. Seine Glieder fühlten sich bleiern an und da war auch wieder dieser dumpfe Schmerz im Backenzahn, wo unlängst eine Füllung eingesetzt worden war. Der Gang zum Zahnarzt, gleich nach den Ferien, war wohl nicht zu vermeiden. Vielleicht musste auch eine Wurzelbehandlung gemacht werden, wie schon letztes Jahr. Ihm fröstelte und er schloss für ein paar Minuten die Augen. Durch das offene Fenster rauschte das Meer. Wie schön wär's, jetzt einfach liegen zu bleiben ...

Schließlich rappelte er sich auf und machte sich auf den Weg nach unten. In der Lobby wartete Dinu schon auf ihn und wippte auf den Fußballen hin und her. An seiner Schulter hing ein Rucksack.

»Was 'n los?«, fragte Silviu in leicht gereiztem Tonfall.

Dinu zwinkerte ihm zu. »Komm mit.«

Sie nahmen den Lift bis ins oberste Stockwerk. Dinu trat aus der Kabine und durchquerte mit großen Schritten den spärlich beleuchteten Korridor bis ans Ende. Vor einer Doppeltür, wo anstelle einer Zimmernummer ein Schild mit der Aufschrift *Ingresso vietato!* angebracht war, machte er halt.

»Dinu, was machen wir hier?«

Dinu setzte ein spitzbübisches Lächeln auf und drückte die Klinke hinunter. Die Tür war nicht verschlossen. Sie betraten einen weitläufigen Raum. Auf dem Boden lag ein verschlissener Perserteppich, an den Wänden schälten sich die Tapeten, und an der Decke prangte ein von Spinnweben überzogener Kronleuchter. Ein paar wacklige Sessel und Sofas standen herum, mit rotem Samt überzogen. An den Fenstern hingen mottenzerfressene Samtvorhänge in gleicher Farbe. In der Ecke stand ein Klavier mit aufgeklapptem Deckel.

Das musste früher ein Ballsaal oder Salon gewesen sein. Silviu kam sich vor wie in einem Film von Visconti, Mutters Lieblingsregisseur.

Dinu schien von alldem unbeeindruckt und steuerte stattdessen auf eine Marmortreppe zu, die sich auf der gegenüberliegenden Seite befand. Sie stiegen die Stufen hinauf bis zu einer Flügeltür. Dinu stieß sie auf und plötzlich standen sie auf dem Dach des Hotels. Es war flach und musste früher als Terrasse gedient haben. Da standen noch einige verwahrloste Tische und Stühle herum und ein klappriges Gerüst, das wie eine Sektbar aussah. Zweifellos wurde hier schon seit Langem kein Champagner mehr serviert.

Dinu stellte den Rucksack auf einen der Tische und zauberte zwei Sektgläser und eine Flasche Moët & Chandon Rosé hervor.

»Direkt aus dem Weinkeller und optimal temperiert«, sagte er lachend und machte sich daran, den Korken zu öffnen. Es gab einen Knall und das schaumige Getränk floss in die Gläser.

»Dinu, was soll das?«

»Cheers«, sagte Dinu und prostete ihm zu.

Zögerlich führte Silviu sein Glas an die Lippen. Seine bisherigen Erfahrungen mit Alkohol beschränkten sich auf ein Gläschen Sekt zu Silvester. Er nahm einen kleinen Schluck – wow! – und dann noch einen. Der Champagner prickelte auf seiner Zunge.

Sie setzten sich auf den Boden und verschränkten die Beine im Schneidersitz. Eine frische Brise wehte ihnen ins Gesicht. Hinter den Wolken kam der Mond zum Vorschein. Dinu zündete sich eine Zigarette an und hielt Silviu die Packung hin.

»Ähm – also, ich – eigentlich rauche ich – nur ganz selten«, sagte Silviu, griff dann aber doch zu. Dinu gab ihm Feuer und für einen Moment legten sich Dinus Hände über seine. Ein leichter Schauer rieselte Silviu den Rücken hinab. Er machte vorsichtig ein paar Züge und musste husten.

Dinu lachte auf. »Nur selten, was?« Er leerte sein Glas mit einem großen Schluck und schenkte sich sofort wieder nach. »Was willst du eigentlich machen, danach – nach dem Abi, mein ich?«

»Keine Ahnung«, sagte Silviu. »Hab noch nicht drüber nachgedacht. Immerhin sind es noch drei Jahre bis dahin ...«

»Also, ich soll im Ausland studieren. Informatik oder Betriebswirtschaft. Und danach in Vaters Firma einsteigen. Zumindest wollen das meine Eltern und es ist mehr oder weniger beschlossene Sache.« Dinu machte einen tiefen Lungenzug an seiner Zigarette. »Und das finde ich nicht gut.«

»Was – im Ausland zu studieren?«

»Nein. Dass man mir gar keine Wahl lässt. Dass man mich gar nicht fragt, ob ich das überhaupt machen will.

Was ist mit meiner Freiheit, hä? Was ist, wenn ich vielleicht ein Künstler bin und –?«

»Du bist kein Künstler«, sagte Silviu und musste lächeln.

»Woher willst du das wissen?« Dinu wackelte mit den Augenbrauen. »Ist ja auch egal. Es geht um was anderes, verstehst du? Es geht um das Recht, meine Zukunft selber zu gestalten. Du hast leicht reden. Deine Mum liest dir jeden Wunsch von den Augen ab, wohingegen mein Vater –«

»Du hast wenigstens einen«, entgegnete Silviu und auf Dinus fragenden Blick fügte er hinzu: »Vater – meine ich.«

Sie schwiegen eine Weile. Silviu nippte an seinem Glas. Der Alkohol stieg ihm zu Kopf, schneller als ihm lieb war.

Dinu griff nach der Flasche. »Noch etwas Champagner?«

»Also – ähm – ich hab – eigentlich genug«, sagte Silviu und legte die Hand schützend über sein Sektglas.

»Komm schon, wir sind doch Männer – keine Memmen!« Sie mussten beide lachen. Dinu füllte ihnen die Gläser. Silviu tat noch einen Schluck. Ihm war, als flösse der Alkohol auf direktem Weg in sein Gehirn. Hitzewellen durchströmten ihn vom Scheitel bis zu den Zehen.

Dinu spähte zum offenen Meer hinaus. »Hei, schau mal dort. Das müssen die Lichter eines Kreuzfahrtschiffes sein.« Er sprang auf und lief zur Brüstung.

»Komm schon Silviu«, rief Dinu und hüpfte auf die Brüstung. Er streckte die Arme aus – in der einen Hand die Champagner-Flasche, in der anderen das leere Glas – und begann, hin und her zu balancieren.

Silvius Magen verkrampfte sich.

»Dinu, bist du verrückt geworden? Komm runter!«

Das Hotel besaß fünf Stockwerke, und die Zimmer aus der Jahrhundertwende hatten hohe Decken, wie man heute kaum noch welche baute. Von der Dimension her befanden sie sich auf der Terrasse eines modernen, zehnstöckigen Gebäudes. Ein Sturz aus dieser Höhe ...

Dinu nahm einen großen Schluck aus der Flasche und machte ein paar Tanzschritte.

»Dinu – verdammt! Komm sofort runter!«

»Du willst, dass ich runterkomme? Dann komm und hol mich ... hahaha.«

Silviu rappelte sich mit einiger Mühe auf. Die Knochen in seinen Beinen schienen sich mittlerweile in Pudding verwandelt zu haben. Er machte ein paar wacklige Schritte und blieb stehen.

»Na, was ist, mein Held? Willst du mich retten oder nicht?«

In Silviu zog sich alles zusammen. Vor einigen Tagen waren Irina und Bella hinauf in den Campanile gestiegen, und er war unten geblieben, obwohl sich von dort ein paar tolle Fotos hätten machen lassen. Doch allein der Gedanke, aus dieser Höhe hinunter zu gucken, hatte ihm den Schweiß aus allen Poren getrieben.

Er machte noch einen Schritt nach vorne und war jetzt so nah an der Brüstung, dass er im gelblichen Licht des Mondes die Umrisse der Pinien erkennen konnte. Langsam begann sich alles um ihn herum zu drehen.

»Dinu, bitte, komm runter.« Seine Stimme war um eine Oktave höher als sonst.

»Wenn du mich retten willst, mein Schatz, dann musst du schon zu mir heraufsteigen. Oder hast du etwa Bammel?«

Dinu balancierte jetzt am äußersten Rand der Mauer. Es schien, als berührten nur noch seine Zehenspitzen den Boden. »Na, komm schon, Liebling!«

»Nein – das kann – ich – nicht«, rief Silviu, nahe am Weinen. Das Karussell um ihn herum drehte sich immer schneller, der Knoten im Magen stieg langsam die Speiseröhre hinauf und setzte sich schließlich im Hals fest. Seine Knie zitterten jetzt so stark, dass sie jeden Moment einzuknicken drohten.

Doch so weit kam es nicht. Dinu machte eine Pirouette, sprang herunter, umschlang Silviu mit beiden Armen und drückte ihn fest an sich.

»Ist schon gut«, flüsterte er. Seine Stimme war plötzlich sehr weich. »Alles gut.« Seine Hand fuhr so sanft über Silvius Haare, als wagte er kaum, sie zu berühren.

Der Knoten in Silvius Hals löste sich auf und das Zittern in seinen Beinen begann allmählich nachzulassen. Er machte keinerlei Anstalten, sich aus der Umarmung zu lösen. Sie verharrten ein paar Minuten lang, schweigend und eng umschlungen. Wie prall sich Dinus Muskeln unterm T-Shirt anfühlten. Ein Duft von Eau de Cologne, mit einem Hauch von Schweiß vermischt, kitzelte Silvius Nase. Ihm war, als hätte sich sein ganzes Blut schlagartig in Champagner verwandelt. Er schloss die Augen und wünschte sich, die Zeit würde stillstehen ...

Doch die Zeit stand nicht still. Dinus Atem ging plötzlich schnell und heiß an Silvius Ohr, seine Lippen suchten und fanden Silvius Mund und – der Boden brach ihnen unter den Füßen weg. Sie wurden leichter als Wasser, leichter als Luft, sie hatten keine Arme mehr, sondern Flügeln, und vereint im leidenschaftlichen Kuss flogen sie hinaus übers weite Meer, und schwebten voran ins Nebelhaft-Grenzenlose ... Nur die Sterne waren ihre Zeugen.

Drittes Kapitel

Silviu hatte eine unruhige Nacht. Stundenlang wälzte er sich im Bett von einer Seite auf die andere und konnte nicht einschlafen. War er jetzt schwul? Zugegeben, Dinu hatte die Initiative ergriffen, doch Silviu hatte ihn gewähren lassen. Und wenn er ehrlich zu sich war, dann war es weit mehr als nur ein Gewähren Lassen gewesen. Vorsichtig strich er mit der Zunge über die Stelle an der Unterlippe, wo sich Dinus Zähne eingegraben hatten – es tat immer noch ein bisschen weh – und ein Schauer nach dem anderen durchrieselte ihn. Ja, er hatte es genossen. Sogar sehr. Aber reichte das aus, um wirklich von sich zu sagen, dass man schwul war?

Über derlei Dinge hatte sich Silviu bisher nie Gedanken gemacht. Klar, es hatte noch nie ein Mädchen gegeben, das ihn irgendwie interessiert hätte. Simona mal ausgenommen, aber Simona war schließlich seine beste Freundin. Mit ihr konnte er über alles reden, den neuesten Songs von Troye Sivan lauschen, an warmen Nachmittagen durch den Cişmigiu-Park flanieren und anschließend bei Capşa ein Eis essen – und das war's auch schon. Nie hatte er daran gedacht, ihr auch nur einen flüchtigen Kuss auf die Wange zu drücken. In der Schule hatte er erstaunt und auch leicht amüsiert die ersten erotischen Vorstöße seiner Kameraden beobachtet. Als sie in die Achte gekommen waren, hatte sich bei den meisten Jungs ein erstaunlicher Wandel vollzogen: Aus Grobianen und Nervensägen waren plötzlich scheue Kavaliere geworden. Hatten sie die Mädchen früher verspottet und gepiesackt, begleiteten sie sie jetzt auf dem Heimweg, trugen ihnen sogar die Schultaschen und luden sie auf einen Profiterol in die nächstgelegene Cafeteria ein. Dass er selbst kein solches Verhalten entwickelte, hatte Silviu jedoch nicht mit Schwulsein gleichgesetzt. Er dachte sich, das würde schon noch kommen, er sei halt ein Spätstarter, oder einfach schüchterner als die anderen.

Und wie stand es eigentlich mit Dinu? Konnte Silviu nach dem, was vorgefallen war, den Schluss ziehen, dass Dinu schwul war? Nur wegen eines einzigen – wenn auch langen und stürmischen – Kusses? Schließlich war Dinu vor ein paar Monaten noch mit einem Mädchen zusammmen gewesen ... Außerdem hatte er da oben am Dach eine Menge Champagner getrunken ...

Silvius Gedanken schwirrten durcheinander wie Insekten, die unter einem Glas gefangen waren. Er seufzte und drehte sich zum hundertsten Mal auf die andere Seite. Mit Bange dachte er an den nächsten Morgen am Strand. Was sollte er Dinu sagen? Wie sollte er sich ihm gegenüber verhalten? Die lockere Kameradschaft, die sie bisher gepflegt hatten, war wohl für immer vorbei. Es würde nie wieder so sein wie früher. Und plötzlich überkam Silviu ein Gefühl von Trauer, als hätte er etwas Wertvolles für immer verloren.

Andererseits war da auch eine Sehnsucht und Neugierde in Hinblick auf das, was noch kommen würde. Denn nun öffnete sich ihm eine ganz neue Welt, voll unsäglicher Verlockungen und ungeahnter Möglichkeiten.

Eine Welt wie in einem Märchen, in der alles bunt und süß und duftend war; von deren mannigfaltigen Leckereien man jeden Moment versucht war, zu kosten. War das die Welt, nach der er sich heimlich gesehnt hatte? Er war sich nicht sicher, ob er schon bereit war, sie zu betreten. Vielleicht lauerten Gefahren, vielleicht gab es auch eine dunkle Seite ... War es da nicht besser, trotz der vielen Verlockungen draußen zu bleiben, in sicherem Abstand, als sich kopfüber hineinzustürzen wie Alice auf dem Weg ins Wunderland?

Silvius Kehle fühlte sich auf einmal so trocken an, dass es wehtat. Er knipste die Nachttischlampe an, stieg aus dem Bett und holte sich eine Dose Orangensaft aus der Minibar. Er trank mit gierigen Zügen und trat hinaus auf den Balkon. Am Himmel leuchteten blass die Sterne, doch der Horizont verfärbte sich schon leicht rosa. Bald würde die Sonne aufgehen. Er lauschte dem Wogen des Meeres und atmete die kühle Nachtluft ein. Wie friedlich das Meer doch wirkte. Keine Stürme peitschen über seine Oberfläche. So war es bisher auch in Silvius Herzen gewesen, und so sollte es auch bleiben. Er wollte keine Veränderungen in seinem Leben. Es war gut, so wie es war.

In diesem Moment fasste er seinen Entschluss: Er würde die Sache auf sich belassen und einfach so tun, als wäre nichts geschehen. Vielleicht war es ja genau das, was auch Dinu wollte. Vielleicht war es für Dinu bloß ein Spiel gewesen, ein kleiner Spitzbubenstreich, herbeigeführt durch sein von Champagner erhitztes Gehirn. Wie unglaublich peinlich wäre es, wenn Silviu dem Geschehen eine Bedeutung beimessen würde, die es gar nicht hatte, und Dinu ihn dafür auslachen und womöglich noch als Schwuchtel verspotten würde? Der Magen brannte Silviu vor Scham, wenn er nur daran dachte. Nein, das kam absolut nicht infrage! Er würde sich einer solchen Lächerlichkeit niemals preisgeben! Im Gegenteil, er würde so cool wie möglich auftreten, lässig und kumpelhaft. Egal, was Dinu davon halten würde, so war er auf der sicheren Seite.

Beruhigt durch diesen Gedanken, kehrte Silviu dem Meer den Rücken zu und kroch zurück ins Bett, legte sich auf die Seite und zog die Knie zur Brust. Binnen weniger Minuten fiel er in einen tiefen, traumlosen Schlaf, aus dem er erst gegen Mittag aufwachte.

*

Die Sonne stand schon tief am Nachmittagshimmel, als Silviu hinaus zum Strand ging. Diesmal schlenderte er nicht, wie in den ersten Tagen, den Weg über den Brettersteig an der Rückseite der Strandhütten entlang, sondern nahm den vorderen Weg durch den Sand. Dadurch kam er direkt an der Hütte jenes seltsamen Mannes vorbei, der ihm immer mit Blicken folgte und den er insgeheim *Professor* getauft hatte.

Zunächst hatte Silviu sich vorgenommen, dem Typen möglichst aus dem Weg zu gehen, doch schließlich tat er genau das Gegenteil, und fast immer bot sich ihm das gleiche Bild: Der *Professor* saß vor seiner Hütte an einem kleinen Tisch, den Reisstrohhut in die Stirn gedrückt, und schien mit irgendeiner Schreibarbeit beschäftigt zu sein. Er schien weder die Vorzüge des Son-

nenbadens zu kennen, noch Erquickung im Meer zu suchen, und auch das Spazierengehen am Strand war offenbar nicht seine Sache. Tagein, tagaus verbrachte er
sitzend an seinem wackligen Strandtisch, vor sich die
aufgeschlagene Schreibmappe. Doch es kam selten vor,
dass Silviu ihn tatsächlich auch schreibend oder in eine
Lektüre vertieft vorfand. Weit öfter ertappte er ihn dabei, wie sein Blick unruhig über die Landschaft streifte,
als würde er nach irgendetwas Ausschau halten. Und
wenn Silviu dann an seiner Hütte vorbeikam, begegneten sich für einen kurzen Moment ihre Blicke, worauf
der Mann hektisch nach seinem Stift griff und seine
Nase so tief in seine Schreibmappe steckte, als wollte er
komplett darin verschwinden.

Silviu hatte es sich in letzter Zeit zur Gewohnheit gemacht, unnötig nah an der Hütte des *Professors* vorbei-
zugehen, und dabei die Schritte zu verlangsamen. Er
wusste auch nicht genau, warum er das tat. Es war
wohl einfach Neugier, sowie eine verwegene Lust am
Spiel. Ein geheimes, vielleicht sogar gefährliches Spiel,
das ihn mit diesem fremden Menschen verband, von
dem er nichts wusste, außer dass er zweifellos ein ge-
wisses Interesse an Silviu hatte. Silviu war fest entschlossen, mit niemandem darüber zu reden, weder mit
Mutter, noch mit den Schwestern, und vor allem nicht
mit Dinu. Es würde sein kleines Geheimnis bleiben –
und Geheimnisse hatte Silviu schon immer gut bewahren können.

»Wo warst du den ganzen Tag?«, fragte Dinu, kaum
hatte sich Silviu zu ihm gesellt. Ihm entging der gereizte
Ton in Dinus Stimme nicht. »Ich hab dir schon ein Dut-
zend Nachrichten geschickt, aber du warst immer off-

line ... dachte schon, dass irgendwas passiert ist und, na ja ...« Er schien nach den richtigen Worten zu suchen. Eine leichte Röte stieg ihm ins Gesicht.

Silviu zuckte mit den Schultern und gab sich alle Mühe, lässig zu wirken. »Sorry, hatte einfach keinen Bock auf Strand.«

Er holte sein Badetuch heraus, faltete es umständlich auseinander, schüttelte es aus und betrachtete es dann eingehend, als ob er irgendein Insekt darin vermutete. Schließlich breitete er es auf seiner Liege aus. Dann machte er sich am Sonnenschirm zu schaffen und stellte den Winkel so ein, dass nur das obere Drittel der Liege im Schatten lag. Dabei vermied er es tunlichst, Dinu in die Augen zu schauen – aber er spürte dessen prüfenden Blick.

»Ähm – Silviu – stimmt was nicht? Du bist doch hoffentlich nicht sauer – ähm – wegen gestern?«

Silviu streckte sich auf der Liege aus und drehte Dinu den Rücken zu.

»Nö, überhaupt nicht ... Das hab ich schon längst vergessen.« Er gab ein nervöses Glucksen von sich, als wäre an seiner Antwort irgendwas komisch gewesen, und begann in seinem Rucksack herumzukramen.

»Vergessen? Aber –«

Die Enttäuschung schien Dinu die Sprache verschlagen zu haben. Offenbar wollte er noch etwas sagen, doch aus seiner Kehle kam nur noch ein undeutliches Gurgeln.

Augenblicklich bedauerte Silviu seine Worte. Er hatte nicht die Absicht gehabt, Dinu zu kränken. Im Gegenteil, er wollte ihm etwas Nettes sagen, ihn nicht einfach so vor den Kopf stoßen. Er dachte fiebrig nach, doch die richtigen Worte kamen ihm einfach nicht über die Lippen. Dinu immer noch den Rücken zugewandt, holte er seinen E-Reader hervor und tat so, als würde er lesen.

Eine Zeit lang herrschte Stille. Das Rauschen des Meeres drang nur leise an Silvius Ohr, hin und wieder übertönt von den fernen Rufen einiger Beachvolleyballspieler. Dann ertönte erneut Dinus Stimme, die jetzt fast flehentlich klang:

»Ähm ... hör zu ... wir müssen reden ... ich will nicht, dass du glaubst –«

Silviu legte den Kindle zur Seite und setzte sich auf. Dinu stand ganz nah, die Hand ausgestreckt, als wollte er Silviu an der Schulter berühren. Zum ersten Mal an diesem Tag sahen sie sich direkt in die Augen.

»Reden, reden, reden ...« Silviu rollte mit den Augen. »Kann man denn nicht mal in Ruhe ein Buch lesen? Ist das zu viel verlangt?«

Dinu errötete bis unter die Haarwurzeln und wich einen Schritt zurück.

»Ach so ... verstehe ... sorry ... wollte dich nicht auf die Palme bringen ...« Er fuhr sich durch die Haare, offensichtlich durcheinander. Es schien, als wollte er noch irgendwas sagen, doch dann drehte er sich abrupt um, packte seinen Rucksack und stopfte das Badetuch hinein. »Also dann ... bis später«, flüsterte er, ohne Silviu anzuschauen. Im nächsten Moment war er weg.

Trotz der Nachmittagshitze war Silviu, als ob er plötzlich in Eiswasser getaucht worden wäre. Er warf den Kindle in den Sand und vergrub das Gesicht in den Händen. Wie hatte es nur derart schiefgehen können? Das hatte er doch überhaupt nicht gewollt! Er hatte Dinu verletzt, das war nicht zu leugnen. Und dann auch noch auf diese schroffe Art, die so gar nicht seinem Naturell entsprach. Was war nur in ihn gefahren? Andererseits – was hatte Dinu denn erwartet? Dass sich Silviu ihm an den Hals werfen und als schwul outen würde? Dass sich beide outen würden und Händchen haltend den Strand verließen? Nein, das war undenkbar, dass die Sache für Dinu ernst war. Dinu konnte einfach nicht schwul sein, das passte irgendwie nicht zu ihm. Vermutlich betrachtete er das Geschehene als einmaligen, wahrscheinlich sogar peinlichen Vorfall, und hatte eben versucht, die Dinge wieder ins Ruder zu bringen, um ihre Beziehung wieder auf die gewohnt-kameradschaftliche Ebene zurückzuholen. Und nur Silvius dumme, überreizte Reaktion hatte dies verhindert.

Silviu schlug die Augen auf und spürte, dass sie feucht waren. Wie furchtbar schwierig auf einmal alles geworden war. Dabei hatten die Ferien doch so unbeschwert begonnen. Wie angenehm und heiter und leicht alles gewesen war ... bis zu diesem Kuss, der plötzlich alles auf den Kopf stellte. Eine heiße Welle des Verlangens durchströmte Silvius Körper und er wünschte sich, Dinu käme zurück, sie umarmten sich und Dinu übersäte ihn mit Küssen – wilden, hungrigen Küssen, wie jene gestern Abend ...

»Hei, Silviu, alles klar bei dir? Weißt du zufällig, wo Dinu steckt?«

Silviu zuckte heftig zusammen. Wie aus dem Nichts war Sandra neben ihm aufgetaucht.

»N-Nein ... er ist vorhin weggegangen ... weiß nicht genau, wohin ...«

»... und hat sein Herzensblatt allein gelassen? Das glaub ich nicht.« Sie starrte Silviu einen Moment lang an und runzelte die Stirn. »Ihr habt euch doch nicht gestritten, oder?«

»Was? Nein ...« Silvius Mund wurde auf einmal ganz trocken.

»Du bist ein schlechter Lügner«, sagte sie lachend und setzte sich neben Silviu auf die Liege. »Aber gut, so kann ich die Gunst der Stunde nutzen, mal allein mit dir zu reden. Weißt du, das kommt mir eigentlich sogar ganz gelegen, denn ...«, ihre Worte versickerten im Sand, dann neigte sie sich plötzlich zu Silviu und drückte ihm einen Kuss auf die Wange, »... denn ich wollte dich ohnehin fragen, ob du nicht Lust auf einen Cocktail hättest, nach dem Abendessen. In meinem Zimmer, nur wir beide.«

»Was?« Eine unangenehme Hitze stieg Silviu in die Wangen. »Also – ähm – ich weiß nicht, ob – das eine gute Idee ist ...«

»Nun, jetzt tu nicht so schüchtern.« Sie legte eine Hand auf Silvius Bein und umspielte mit ihren Fingern seine Kniescheibe. Es war, als krabbelte eine Riesenspinne auf seiner Haut.

»Ich weiß, dass du es auch willst. Du wirst in ein paar Tagen sechzehn, stimmt's? Da wird's schon langsam Zeit für Dich. Ich kann dir ein paar Dinge beibringen, weißt du ...«, ihre Finger glitten jetzt langsam Silvius Oberschenkel hinauf, »... und wenn du dann zurück bist in Bukarest, und die Mädels deine Bude stürmen, stehst du nicht ganz unerfahren da. Betrachte es als Geburtstagsgeschenk.«

»Aber – d-du hast doch – einen Freund, oder?« Silviu würgte die Worte mehr heraus, als sie auszusprechen.

»Hahaha.« Sandras helles Lachen zerriss die Luft. Die Frage schien sie köstlich zu amüsieren. »Mensch Silviu, sei doch nicht so naiv! Ja, ich hab einen Freund – na und? Im Moment bin ich in Venedig und er in Brăila, und ich halte nicht viel von Cybersex. Außerdem muss er von unserem unschuldigen Techtelmechtel doch nichts erfahren. So wie ich ihn kenne, wird er diese Tage zu Hause auch nicht gerade Däumchen drehen, selbst wenn er mir täglich am Telefon schwört, dass er's kaum noch aushält ohne mich.« Sie zwinkerte Silviu zu. »Im Übrigen hat ein wenig Abwechslung noch niemandem geschadet – zumal«, die Spinne war jetzt am Saum der Badeshorts angelangt, »mir die gerade erst reif gewordenen Früchte schon immer am besten geschmeckt haben ...«

Silvius Kopf glühte vom Nacken bis zu den Ohren. Noch nie in seinem Leben war ihm etwas dermaßen peinlich gewesen. Er starrte wie gebannt auf Sandras Finger, die jeden Augenblick unter seine Badeshorts schlüpfen würden. Was sollte er bloß tun? *Verdammt Dinu, warum musstest du gerade jetzt abhauen?*

Silviu holte tief Luft. »Ähm ... Sandra ... tut mir leid ... das ist ganz nett von dir, wirklich sehr nett ... aber ... ähm ... es geht leider nicht ... weil ... nun ja ...«

Sie sah ihn mit hochgezogenen Brauen an.

»Was ist, bin ich etwa nicht attraktiv genug für dich?« Sie zog ihre Hand zurück und Silviu spürte eine enorme Erleichterung. »Oder will sich Prinz Siegfried nicht mit einem einfachen Mädchen aus dem Volk abgeben?«

»Nein ... aber nein ... so meinte ich's doch nicht ..., es ist nur so, dass –« Die Worte blieben ihm im Hals stecken und er wünschte sich, er hätte eine von Harry Potters Zauberformeln parat, mit der er sich in einen Straußenvogel verwandeln und seinen Kopf tief in den Sand stecken konnte.

»Ach so ist das!« Sandras Augen weiteten sich. Sie sprang auf und schlug sich mit der Hand an die Stirn. »Du bist schwul, stimmt's?« Sie wartete einen Augenblick, doch als Silviu nicht antwortete, warf sie den Kopf in den Nacken und begann erneut zu lachen. »Ich hätt's mir ja denken können. Wenn einer so hübsch ist wie du, dann kann er ja gar nicht anders als schwul sein. Ach du liebe Zeit ... jammerschade, aber das kann ich nicht ändern, oder?« Sie schüttelte den Kopf und starrte ihn ein paar Sekunden lang an. Als er immer noch keine Antwort gab, zuckte sie schließlich mit den Achseln. »Na schön, dann geh ich eben. Falls du dich doch noch anders entscheiden solltest, weißt du ja, wo du mich findest.« Ohne ein weiteres Wort zu verlieren, stolzierte sie davon.

Zum zweiten Mal an diesem Nachmittag vergrub Silviu sein Gesicht in den Händen und wünschte sich, diesen Tag einfach vom Kalender streichen zu können. Er verweilte eine ganze Zeit lang so, während ihm die Gedanken unablässig durch den Kopf jagten, – bis ihn plötzlich eine vertraute Stimme aus den Grübeleien riss:

»Hallo, Schätzchen.«

Silviu hob den Blick und der Schreck fuhr ihm in die Glieder. Ginas massive Gestalt hatte sich vor ihm aufgetürmt, gestützt auf einen Spazierstock. Sie trug ein pinkfarbenes, luftiges Kleid und hatte einen riesigen Hut auf dem Kopf, der fast so groß war wie der Sonnenschirm neben Silvius Liege.

»T-Tante Gina«, wisperte Silviu. Ihm wurde ganz flau in der Magengrube.

»Was ist denn los mit dir? Du siehst aus, als wärst du gerade einem Geist begegnet.« Sie hielt einen Moment inne und plötzlich lag Argwohn in ihrer Stimme. »War das nicht gerade meine Tochter, die ich vorhin wegge- hen sah?«

»Vorhin? ... N-Nein ... das war ... jemand anderes«, stammelte Silviu.

»Hm. Und Dinu ist auch nicht bei dir? Komisch.« Sie stocherte mit ihrem Stock im Sand herum. »Na, wie auch immer. Es trifft sich gut, dass du allein bist, denn ich will mit dir sprechen. Und ich muss dich warnen.«

Silvius Eingeweide ballten sich zu einer Faust zusam- men. »Mich warnen? Wovor denn?«

Ein schrecklicher Gedanke poppte auf. Hatte sie etwa mitbekommen, was zwischen ihm und Dinu gestern Abend vorgefallen war? Vor seinem geistigen Auge er- schien Gina, wie sie ihnen heimlich aufs Dach gefolgt war, und wie sie, womöglich versteckt hinter der maro- den Sektbar, die ganze Szene beobachtet hatte, bis hin zu dem Kuss ... Was für eine grauenvolle Vorstellung ... Silviu versuchte, gegen die Übelkeit anzukämpfen, die langsam in ihm hochstieg.

»Die Sache ist die«, setzte Gina an und sah ihm scharf ins Gesicht. »Du solltest dich vor diesem Mann in Acht nehmen.«

Silviu starrte sie mit offenem Mund an. »Ähm ... vor welchem Mann denn?«

»Nun tu nicht so, als ob du's nicht wüsstest, Junge!«
Sie fuchtelte mit ihrem Stock wild in der Luft herum.
»Du weißt genau, wen ich meine. So naiv kannst du gar
nicht sein, du bist bald sechzehn! Ich spreche von diesem komischen Typen, dem Schreiberling. Ich hab doch
gesehen, wie ihm jedes Mal die Augen übergehen, wenn
er dich sieht. Wie er dich morgens beim Frühstück an-
starrt, oder wenn er uns sonst wo über den Weg läuft.«
Sie kam einen Schritt näher und neigte sich nach vorn.
Es war, als stellte sich plötzlich eine Sonnenfinsternis
ein. Selbst die Luft schien eine Spur kälter geworden zu
sein. »Der Kerl war mir von Anfang an verdächtig,
musst du wissen. Welcher normale Mensch bucht schon
einen Badeurlaub, nur um dann den ganzen Tag am
Strand vor einem Schreibpult zu hocken?«

»Aber er tut doch niemandem was zuleide«, warf Silviu zaghaft ein. »Er ist womöglich ein großer Künstler
und schreibt an einem Roman oder –«

»Papperlapapp!« Gina stieß ihren Stock kraftvoll in
den Sand. »Der gibt doch nur vor, was in sein Heft zu
kritzeln, und hält in Wahrheit Ausschau nach Beute. Ich
kenne diese Typen, die sind alle irgendwie pervers. Und
dieser da ist einer von der ganz üblen Sorte, das spüre
ich. Glaub mir, der hat mehr als nur eine Schraube locker.« Sie trat noch näher an Silviu heran und senkte
die Stimme. »Inzwischen hab ich den Eindruck, dass er
dir auch gezielt nachstellt. Neulich in dieser Kirche zum
Beispiel. Da hat er versucht, sich hinter dem Grabmal
von diesem Verdi-Soundso zu verstecken, aber Ginas
scharfem Blick entgeht nichts.«

»Aber – aber viele Leute besuchen doch die Frari-Kirche ...«

»Erzähl mir bloß nicht, dass der zufällig dort war, Junge! Das Problem ist, dass du zu einem verdammt hübschen Kerlchen herangewachsen bist – ist dir das etwa noch nicht klar geworden? Dann schau dich mal genauer im Spiegel an: Ein Gesicht wie aus der Hand von Raffael, in Kombination mit den mondwolkigen Augen ... dazu noch dieser Haarschopf à la Carole Bouquet – das ist ja fast schon unheimlich. Deine Mutter sollte dir in der Öffentlichkeit einen Schleier überziehen, wie bei den Araberinnen. Ich wette zehn fette Ochsen, dass so manch einer dich am liebsten bei lebendigem Leib auffressen würde.« Wie zum Beweis riss sie den Mund weit auf, und ihre drei Goldzähne kamen zu Vorschein. Sie hielt einen Moment inne und sah ihn mit strenger Miene an: »Aber noch mal zurück zu diesem Mann: Sei auf der Hut, klar? Deine Mutter, die ist eine feine Lady und über allen Dingen erhaben, aber ich kenne auch die üblen Seiten des Lebens und hatte tiefe Einblicke in die menschliche Natur, leider ...« Ein Schatten zog sich über ihr Gesicht. »Deshalb halte ich es für meine Pflicht, dich zu warnen, wenn deine Mutter schon so blind ist, kapiert?«

»Ähm – ja – klar, Tante Gina. Ich werd auf mich aufpassen. Versprochen.«

»Sicher?« Ihr Blick schien ihn zu durchbohren.

»Absolut sicher, Tante Gina. Machen Sie sich keine Sorgen.«

»Gut so, mein Junge«, sagte sie schon etwas freundlicher und kniff ihm mit ihren Stummelfingern in die Backe. Dann warf sie einen Blick auf die überdimensionale Uhr, die an der Fassade des Hotels direkt unter der Dachterrasse angebracht war. »Oh, es ist ja schon bald

Zeit fürs Abendessen. Na, ich will dich nicht länger aufhalten.«

Sie stampfte davon, gestützt auf ihren Stock, und ließ Silviu in einem Zustand völliger Aufgelöstheit zurück. Er konnte sich nicht erinnern, dass ihm jemals so elend zumute gewesen war. Zuerst Dinu, dann Sandra und jetzt auch noch Gina! Als ob die gesamte Familie Haiduc es darauf angelegt hätte, ihm den Tag gründlich zu vermasseln!

Sein Blick wanderte zu dem Punkt in einiger Entfernung, wo er wusste, dass der *Professor* vor seiner Hütte an seinem Schreibtisch saß. Ein nie gekanntes Gefühl, eine Mischung aus Grauen und Faszination, beschlich ihn beim Gedanken, dass Gina womöglich recht hatte, und dieser Mann es tatsächlich auf ihn abgesehen hatte. Silviu hatte natürlich schon längst erkannt, dass das häufige Zusammentreffen mit dem *Professor* während ihrer Streifzüge durch Venedig mehr als nur bloßer Zufall war. Tatsächlich hatte auch Silviu ihn vor einigen Tagen in der Frari-Kirche entdeckt, wie er gerade noch im Schatten von Monteverdis Grabmal Zuflucht gefunden hatte. Gina, die nur selten mit dabei war, konnte ja gar nicht wissen, wie oft Silviu den Professor bereits aus dem Augenwinkel erspäht hatte, mal versteckt hinter einer Fontäne, mal vertieft im Anblick eines Schaufensters. Oder bei einem Kaffee im Florian, just zu dem Zeitpunkt, wenn auch Silviu und die Seinen dort Rast machten. Nur hatte sich Silviu nichts dabei gedacht. Schließlich begegnete man andauernd irgendwelchen bekannten Gesichtern aus dem Hotel. Es ist auch nicht weiter verwunderlich, dass sich Pfade von Touristen, die denselben Sehenswürdigkeiten hinterherlaufen, mehr als nur einmal kreuzten. Silviu spürte ein dumpfes Gefühl in seinem Kopf, wie zu Beginn einer Migräne, als verursachten ihm die vielen Gedanken physische Schmerzen. Eine plötzliche Schläfrigkeit überkam ihn.

In der untergehenden Sonne hatte das Meer einen türkisfarbenen Schimmer angenommen und die Schatten wurden immer länger. Es wurde langsam Zeit. Silviu packte seine Sachen und machte sich auf den Weg zurück ins Hotel. Ohne Umschweife ging er direkt in sein Zimmer, duschte und legte sich ins Bett. Er zückte sein Smartphone und schrieb Mutter eine entschuldigende Nachricht, dass er sich nicht wohlfühle und deshalb nicht zum Abendessen erscheinen könne. Dass er sich stattdessen eine Kleinigkeit aufs Zimmer bestellen würde. Mutter würde das sicher verstehen, es war nicht das erste Mal, dass er sich mit Kopfschmerzen ins Bett legen musste. Bereits eine knappe Minute später poppte eine neue Nachricht auf dem Display auf: *Brauchst du ein Aspirin, chéri?*

Silviu stöhnte kurz auf und tippte eine Antwort: *Nein, danke. Es geht schon. Mach dir keine Sorgen. Gute Nacht.*

Danach stellte er das Handy auf Flugmodus, machte das Licht aus und zog sich die Decke über den Kopf. Er hatte die Nase gestrichen voll von diesem hoffnungslos verpatzten Tag, und nur noch einen Wunsch: so schnell wie möglich im Schlaf zu versinken und alle quälenden Gedanken hinter sich zu lassen.

VIERTES KAPITEL

Irgendwas war im Gange. Die Feriensaison hatte gerade erst begonnen, doch Silviu hatte den Eindruck, dass mehr Gäste das Hotel verließen, als neue hinzukamen. Jeden Morgen bildete sich an der Rezeption eine Menschenschlange – abreisende Gäste, die auf das Check-out warteten. Hotelpagen schwirrten herum wie Bienen in einem Stock und hantierten mit Koffern und anderen Gepäckstücken. Am Strand waren nur noch vereinzelt Leute unterwegs und mehr als die Hälfte aller Hütten stand leer.

Und auch in der Stadt war die Veränderung nicht zu übersehen. Die Menschendichte auf den Plätzen und in den Gassen hatte innerhalb von wenigen Tagen deutlich abgenommen. In den *Vaporetti* blieben selbst in den Stoßzeiten noch eine Menge Sitzplätze frei. Die tiefschwarzen Gondeln glitten die meiste Zeit ohne Gäste dahin und glichen jetzt schwimmenden Särgen. Die ehemals beschwingten Rufe der Gondolieri waren nur noch selten zu hören. Bereits zweimal waren Silviu Menschen in weißen Schutzanzügen aufgefallen, die sich aus Häusern herausschlichen und eilig in ein Boot stiegen.

»Wir sollten Venedig verlassen, solange es noch möglich ist«, sagte Isabella eines Nachmittags mit entschiedener Miene, nachdem sie eine Zeit lang in der neuesten Ausgabe des *Gazzettino* vertieft gewesen war. Silviu hatte währenddessen ein paar Aufnahmen von der Basilika gemacht, die stolz und golden im Licht der untergehenden Sonne erstrahlte. Sie saßen im *Quadri* und tranken Eiskaffee. Die Piazza war so ausgedünnt, wie Silviu sie noch nie erlebt hatte. Die Markustauben hingegen flogen und gurrten in riesigen Schwärmen umher, hielten Ausschau nach irgendwas Essbarem und machten beinah den Eindruck, als vermissten sie die vielen Touristen.

»Bella, was redest du denn da?« Irina warf ihrer Schwester einen empörten Blick zu. »Übermorgen gehen wir doch in die Oper! Ich bin schon auf der Backstage-Liste von J.K. eingetragen. Was glaubst du, wie lange ich warten musste, bis –«

»Aber verstehst du denn nicht, dass es langsam ernst wird? Es geht hier nicht um eine Opernvorstellung, es geht um Menschenleben!« Isabella hielt ihrer Schwester wie zum Beweis die Zeitung vors Gesicht. »Schau dir die Zahlen an: bereits 1318 Infizierte im Veneto und täglich kommen über hundert neue dazu. Die Zahl steigt exponentiell an. Und es gibt auch schon zweiunddreißig Todesfälle. Das *Ospedale* bereitet sich auf das Schlimmste vor, Intensivbetten und Beatmungsgeräte werden aufgestockt. Da bahnt sich eine Epidemie an, wie Dr. Cremona es vorhergesagt hat. Das kann jetzt niemand mehr leugnen.«

»Ich denke, wir sollten die Sache nicht überstürzen«, sagte Mutter. »Es kann ja sein, dass sich die Lage bald wieder entspannt. Vergiss nicht, dass in unserem Haus zurzeit Renovierungsarbeiten stattfinden. Da wäre es äußerst ungünstig, den Urlaub abzubrechen.«

»Wir können sicher auch bei Onkel Darius in Sinaia wohnen, bis unser Haus fertig ist. In wenigen Tagen könnte es nämlich schon so weit sein, dass Venedig zur *zona rossa* erklärt wird und dann –«

»Zur was?«, fragte Silviu.

»Rote Zone. Sperrgebiet. Quarantäne. Wo niemand mehr rein oder raus darf.«

Irinas Augen weiteten sich. »Quarantäne? Wir sind doch schließlich nicht im Krieg oder so.«

»Das ist schlimmer als Krieg!« Isabella knallte die Zeitung auf den Tisch. »Wir dürfen die Augen nicht vor der Realität verschließen. Die Welt wird ständig von Seuchen heimgesucht, und es kommen immer neue hinzu. Man muss sich nur die letzten 60 Jahre mal genauer anschauen: Machupo 1959, Lassa 1969, Ebola 1976, Sin Nombre 1993, Hendra 1994, Nipah 1998, West-Nil-Fieber 1999, SARS 2003 –»

»Schon gut, Bella, wir wollen jetzt nicht die Infektionsgeschichte der Menschheit hören«, sagte Mutter und legte Isabella eine Hand auf die Schulter.

»Aber diese Ausbrüche haben schreckliches Leid verursacht und vielen Menschen das Leben gekostet. Nur sind sie – mit Ausnahme von HIV-1 – immer schön weit weg von uns gewesen und haben uns nicht behelligt. Das heißt aber nicht, dass es sie nicht gab.« Isabellas Nasenflügel bebten leicht. »Ich kann diese typisch westliche Ignoranz einfach nicht mehr ertragen! Als ob es irgendeinen Grund gäbe, warum Europa verschont bleiben sollte! Die Experten warnen schon lange vor ›the next big one‹, denn die Frage lautet nicht, *ob* es zur nächsten großen Pandemie kommt, sondern *wann*!«

»Aber wenn es so ernst wäre, hätte uns der Hotelmanager doch sicher informiert«, versuchte Irina einzuwenden.

»Ha, dass ich nicht lache. Der gute Mann achtet vor allem darauf, dass seine Gäste bleiben. Trotzdem verlassen sie sein Haus in Scharen. Die Medien sprechen aber eine eindeutige Sprache.« Isabella schlug die Zeitung erneut auf. »Die Einwohner werden angehalten, in der Öffentlichkeit Abstand zu halten oder am besten gleich zu Hause zu bleiben ... ab Samstag müssen Restaurants schon um zweiundzwanzig Uhr schließen. Bars und Diskotheken dürfen erst gar nicht öffnen ...«

»Steht auch was über die Oper?« Die Angst stand Irina plötzlich im Gesicht geschrieben.

Isabella ignorierte sie. »... Vaporetti werden täglich desinfiziert ... transatlantische Flüge wurden gecancelt ... eine Lieferung von medizinischen Masken aus China ist unterwegs ... Sind das etwa nicht genug Anzeichen, dass da etwas Ernstes im Gange ist?«

»Also gut«, sagte Mutter entschieden. »Sobald wir zurück im Hotel sind, ruf ich Darius an. Er kennt den Außenminister persönlich, soweit ich weiß, waren sie Studienkollegen. Mal sehen, was der von der ganzen Sache hält. Wenn es wirklich so ernst ist, dann fliegen wir unverzüglich nach Hause.« Sie winkte dem Kellner zu. »*Il conto, per favore.*«

Wie sich herausstellen sollte, war der Außenminister im Urlaub am Schwarzen Meer und würde erst gegen Ende der Woche wieder zurück in Bukarest sein. Onkel Darius versprach, unverzüglich mit ihm zu sprechen. Zu Irinas großer Erleichterung und Isabellas offensichtlichem Verdruss, hatte Mutter entschieden, die Abreise bis dahin zu verschieben. Somit würde man auch J.K.'s lang erwartetes Debüt am Opernhaus *La Fenice* beiwohnen können.

*

»Also diese Briten sind doch Scherzkekse!« Gina machte ein Gesicht, als hätte sie einen üblen Geruch in der Nase. »Gurken-Sandwiches! Wie man überhaupt auf so eine Idee kommen kann!?« Sie schob ihren Teller beiseite und schnipste mit den Fingern nach einem Kellner.

»He, Kleiner!«

»Signora?«

»Diese Dinger kannst du an deine Kaninchen verfüttern. Ich krieg noch zwei Brötchen mit Lachs und – wenn ich's mir recht überlege – auch noch zwei, oder besser gleich drei, mit Roastbeef.«

»Subito, Signora.«

Der junge Mann griff nach ihrem Teller und wuselte davon.

Silviu beobachtete Gina aus dem Augenwinkel. Mit dem federbesetzten grünen Hut, unter dem ihre rubinroten Haare im Sonnenlicht aufblitzten, sah sie aus wie ein angriffslustiger Papagei. Sie saßen auf der Terrasse des Palazzo Gritti, direkt am Canal Grande. Vaporetti tuckerten alle paar Minuten an ihnen vorbei, Motorboote flitzten in beide Richtungen und schlängelten sich gekonnt zwischen den lautlos dahintreibenden Gondeln hindurch.

Der *afternoon tea* war Irinas Idee gewesen. Seit ihrem Auslandssemester am Konservatorium in Plymouth hatte sie andauernd davon geschwärmt. Und nachdem sie irgendwie in Erfahrung gebracht hatte, dass das Restaurant des Gritti das einzige Lokal in Venedig war, das einen authentisch-britischen Nachmittagstee auf der Karte hatte, ließ sie nicht locker, bis Mutter endlich einwilligte. »Also meinetwegen«, sagte Mutter. «Vor dem Opernbesuch, das würde sich anbieten. Natürlich nur, wenn Gina auch damit einverstanden ist.«

»Was sagtest du vorhin, Ariana? Wir sollten schon früher nach Hause fliegen?« Gina stopfte sich genüsslich ein Lachsbrötchen in den Mund. »Das ist doch nicht dein Ernst?«

»Doch, leider ... Ich bekam heute Morgen einen Anruf vom Sekretär des Außenministeriums. Offiziell gibt es noch keine Reisewarnung, aber mir wurde empfohlen, Venedig möglichst bald zu verlassen und den nächsten Flieger nach Bukarest zu nehmen.«

»Und wieso hat *mich* dann niemand benachrichtigt?«, schnappte Gina. Dann trat eine nachdenkliche Miene in ihr Gesicht. »Nun, schließlich bin ich auch keine Bibescu ...«

»Ist es wirklich so schlimm?«, fragte Sandra und legte ihr Smartphone beiseite, auf dem sie bis dahin herumgetippt hatte.

»Ich denke schon«, sagte Mutter. »Der Sekretär wollte sich auf nichts Konkretes festlegen. Er meinte aber, die Zahl der Neuinfektionen steige rasant ... und dass die Autoritäten des Veneto die Sache vorerst noch herunterzuspielen versuchten – der Touristen wegen. Jedenfalls werde ich gleich morgen früh die Vorbereitungen für die Rückreise treffen. Und du solltest das Gleiche tun, Gina.«

»Hey, wir könnten uns doch diese Masken mit den langen Schnäbeln zulegen, von denen die Souvenirläden voll sind«, schlug Dinu vor.

Isabella versetzte ihm einen Darüber-macht-man-keine-Witze-Blick, ließ sich jedoch zu keinem Kommentar herab.

»Du meinst die Masken der Pestdoktoren?«, fragte Irina. »Das wär eine Idee! Soweit ich weiß, wurden doch irgendwelche Kräuter hineingetan, deren Duft vor den Ausdünstungen der Kranken schützen sollte ...«

Isabella rollte mit den Augen. »Also ihr seid wirklich nicht viel weiter als die Menschen im Mittelalter! Wie könnt ihr denn ernsthaft glauben, dass so etwas wirkt?«

Irina brach in schallendes Gelächter aus. »Hahaha ... Reingelegt! Verstehst du denn gar keinen Spaß mehr, Bella?«

Indes warf Silviu seinem Freund, der ihm schräg gegenübersaß, einen verstohlenen Blick zu und verkniff sich dabei ein Schmunzeln. Dinu schien sich in seinem schwarzen Anzug ungefähr so wohl zu fühlen wie ein Pinguin im Smoking. Alle paar Minuten wanderten seine Finger zum Knoten seiner Krawatte, der ihm offensichtlich den Hals abschnürte. Sie hatten in den letzten Tagen kaum miteinander gesprochen. Silviu hatte die Zeit am Strand zusammen mit Isabella und Irina verbracht, aber nachdem sich die Schwestern fast andauernd wegen jeder Kleinigkeit gezankt hatten, hatte er diesen Entschluss schon bald bereut. Die wenigen Male, die er mit Dinu zusammentraf, wirkte dieser sichtlich verlegen, gab nur ein paar einsilbige Worte von sich, und vermied dabei verbissen, Silvius Blick zu begegnen.

Ein Kellner brachte auf einer Etagere diverse kleine Törtchen und Kuchen, nebst Marmelade und einer sehr fest geschlagenen Sahne, die fast wie Butter aussah. Ein anderer kam mit zwei vollen Teekannen und schenkte ihnen nach.

»Wow, echte *Scones* mit *clotted cream*«, rief Irina begeistert, nahm ein Stück von dem Buttergebäck und führte es zur Nase. »Mhmm, noch ganz warm!«

Gina blickte interessiert auf das üppige Angebot an Mehlspeisen. »Also, ich flieg nirgendwo hin«, sagte sie entschieden, griff nach einem *Scone* und bestrich es zweifingerdick mit Marmelade. »Wir sind doch kaum zwei Wochen da! Und Bräila ist im Sommer die Hölle ... Nein, dann nehm ich lieber das Risiko in Kauf, an einer kleinen Grippe –«

»Das ist keine kleine Grippe!«, sagte Isabella. Die Entrüstung stand ihr ins Gesicht geschrieben. »Täglich erkranken immer mehr Menschen, viele davon schwer, und der *Gazzettino* schreibt, dass –«

Gina winkte ab.

»Mag schon sein, Kindchen, aber die Spanische Grippe ist es auch wieder nicht.« Sie schob sich den *Scone* in den Mund und ihre Augen begannen zu leuchten. »Die sind aber echt gut ... Also, ich bin der Meinung, wir sollten einfach abwarten – und Tee trinken.« Wie um ein Exempel zu statuieren, trank sie einen großen Schluck aus ihrer Tasse und stellte sie dann geräuschvoll zurück auf den Tisch.

*

An der Bootsanlegestelle des Palazzo Gritti warteten zwei Gondeln auf sie, die mit goldenen Seepferdchen verziert waren und rote, ungeheuer bequem aussehende Plüschsessel hatten. Dinu half seiner Mutter beim Einsteigen. Sie wurde von dem Gondoliere mit lockerer Hand in einen der Sessel gehievt, und das Gefährt geriet dabei gefährlich ins Trudeln. Sandra nahm neben ihrer Mutter Platz, während Dinu und Remus sich auf die beiden Hocker nebenan setzten. Silviu und die Seinen stiegen in die zweite Gondel.

Sie fuhren los. Silviu beobachtete schweigend den Gondoliere in seinem schwarz-weiß gestreiften T-Shirt, ein drahtiger Bursche von höchstens fünfundzwanzig. Wie geschickt er doch das Gefährt mit dem linken Fuß von der Plattform abstieß, um gleich darauf durch sanfte, kurze Stöße die Gondel in Position zu bringen; wie lässig er mit dem Boot umging, wie sicher das Ruder in seiner Hand lag. Vermutlich erforderte es viel Übung, die Gondel ausschließlich von der rechten Seite aus zu steuern ...

Sie fuhren eine Weile durch den Canal Grande, vorbei an marmorzerfressenen Palazzi, deren verblichene Fassaden im Licht der untergehenden Sonne rosig schimmerten. Dann bogen sie in einen kleinen, melancholisch dahinfließenden Kanal, an dem zu beiden Seiten eine schmale Riva verlief. Ein scharfer Geruch von Salz und Tang und üblen Ausdünstungen drang Silviu in die Nase. Eine Zeit lang war nichts, als das leise Plätschern des Ruders im schlammigen Wasser des Kanals zu hören. Dann kam aus der Gegenrichtung eine Gondel auf sie zugefahren. Die Boote verlangsamten ihr Tempo, glitten elegant aneinander vorbei, und die Gondolieri riefen sich irgendetwas in ihrem melodiösen venezianischen Dialekt zu. Ihre Stimmen hallten an den hohen Mauern wider wie in Hausfluren.

In der Nähe des Hotel Bauer stiegen sie aus und liefen zu Fuß die paar Minuten bis zum *La Fenice*. Sie durchquerten einen langen, engen Gang und plötzlich tauchte das Opernhaus wie aus dem Nichts vor ihnen auf, inmitten einer hübschen Piazzetta. Elegante Damen in langen Roben und ernst dreinblickende Herren in dunklen Anzügen tummelten sich bereits vor dem Eingang.

»Du meine Güte, ist das schwül hier«, stöhnte Gina, als sie die Marmortreppe ins Foyer hinaufstiegen, und fächelte sich mit dem Programmheft, das Remus vorhin für sie gekauft hatte, Luft zu. Sie warf einen missbilligenden Blick auf das Cover mit der Überschrift: *Benjamin Britten's Death in Venice*. Darunter war ein tanzender Jüngling in Badehose dargestellt. »Na, ich bin mal gespannt auf diesen Britten und seine Musik. Badende Jungs gibt's schließlich zu Genüge auch an unserem Strand zu begaffen ... muss dafür nicht unbedingt in die Oper gehen ...«

Sie wurden von einer Billeteurin zu ihren Plätzen im Parkett geleitet. Das Orchester saß bereits vollzählig im Graben und stimmte die Instrumente. Silviu blickte sich in dem prunkvollen Saal um, der viel größer war, als er erwartet hätte. Mehrere Ränge von Logen türmten sich in die Höhe. Silviu wusste, dass das Opernhaus schon

mehrere Male in seiner Geschichte komplett niederge-
brannt und wieder aufgebaut worden war – jedes Mal
so originalgetreu, dass man meinen könnte, immer
noch das ursprüngliche Gebäude betreten zu haben, wo
berühmte Opern von Bellini und Verdi zur Uraufführ-
rung gebracht wurden. Nur der Geruch war neu, da lag
nicht diese muffig-erhabene Aura alter Theater in der
Luft, die Silviu erstmals im Odeon in Bukarest wahrgenommen hatte, oder zuletzt im Royal Opera House Co-
vent Garden, wo der Startenor J.K. im vergangenen
Sommer seinen ersten Othello gegeben hatte. Derselbe
J.K. übrigens, den Irina so verehrte, weswegen sie allesamt heute Abend hier waren, und der schon in wenigen Minuten als Gustav von Aschenbach die Bühne betreten würde.

Auf Irinas Drängen (»wenn man eine Oper zum ersten Mal erlebt, muss man zumindest das Sujet kennen«)
hatte Silviu extra die berühmte Novelle von Thomas
Mann gelesen. Mit gemischten Gefühlen. Er hatte zwar
während der Lektüre die ganze Zeit den Verdacht gehabt, dass es noch weit mehr unter der Oberfläche der
eigentlichen Erzählung zu entdecken gab, ihren tieferen
Sinn konnte er jedoch nur ansatzweise erfassen. Einer-
seits war da dieser Knabe Tadzio, andererseits Aschenbach – ein Schriftsteller, der sich in den Jungen verlieb-
te, ihm nachstellte und der schließlich an der indischen
Cholera starb ... Doch nein, so einfach war es auch wieder nicht: Zwischen den Zeilen lagen zweifellos verbor-
gene Schätze, tiefe Wahrheiten über allerlei komplizier-
te Dinge, wie Geist, Schönheit und Eros, Erkenntnis und
Abgrund – alles Dinge, von denen Silviu, wenn überhaupt, nur eine sehr vage Ahnung hatte. Wenn er ehr-

lich war, hatte er auch nicht wirklich Lust, sich über derlei Dinge den Kopf zu zerbrechen. Jedenfalls war es ziemlich eigenartig, heute in demselben Hotel zu wohnen und am selben Strand zu baden, wie einst die Protagonisten der Novelle – und nun die Story auch noch auf der Bühne zu erleben, eingehüllt in Brittens Klangwelt.

Der Saal begann sich allmählich zu verdunkeln, das Gemurmel verebbte. Silvius Blick schweifte über die vielen Logen, die jetzt zum Bersten voll waren. Und da, als es schon fast ganz dunkel war, als das Publikum bereits zum Applaus ansetzte, sah er ihn: Er saß in einer der seitlichen Logen im ersten Rang. Seine eingesunkenen Augen waren auf ihn, Silviu, gerichtet, schienen ihn regelrecht zu durchbohren. Trotz der an der Sonne verbrachten Tage wirkte der Professor immer noch erschreckend blass. Diese Blässe wurde durch den schwarzen Anzug, den er trug, noch verstärkt. In Silvius Nacken richteten sich die Haare auf. Rasch blickte er zum Dirigenten, der sich vor dem Publikum verneigte und seinen Taktstock hob. Der Vorhang öffnete sich. An einem Schreibtisch, auf der sonst leeren Bühne, saß J.K. Zögerlich erklang ein einzelnes Blasinstrument und schon erfüllte die klagende Stimme des Tenors den Saal:

My mind beats on and no words come ...

*

Dreieinhalb Stunden später – es war bereits kurz vor elf – saßen Silviu und die Seinen als einzige Gäste im

Florian und tranken heiße Schokolade. Die Musikkapelle vor dem Café war immer noch auf den Beinen und schmetterte gerade eine Polka von Johann Strauß.

»*Das* nenne ich Musik«, sagte Gina und deutete auf die Musiker. »Da ist Rhythmus, da ist Pfeffer drin ... ein wahrer Ohrenschmaus ... wohingegen dieser schreckliche Britten ...« Sie schüttelte so energisch den Kopf, dass der Hut mit den wippenden Federn zur Seite rutschte. »Keine zehn Ochsen werden mich jemals wieder in eine Oper dieser Nullität bringen! Und dann auch noch diese Päderastengeschichte! Wenn mein Gicu wüsste, dass wir über zweihundert Euro für eine Karte bezahlt haben ... Ha! ... Für dieses Geld würde mir die Kapelle hier ein Privatkonzert geben, fürwahr!«

»Nun, Brittens Musik mag beim ersten Mal etwas sperrig klingen«, versuchte Irina kleinlaut einzuwenden, »aber du musst doch zugeben, dass J.K. eine großartige Interpretation –«

»Der kann mir auch gestohlen bleiben«, schnaubte Gina. »Die ganze Zeit hör ich nichts anderes als eure Schwärmereien über diesen famosen J.K. Man müsste meinen, dass er der zweite Ludovic Spiess wär oder so ... Mag schon sein, dass er eine tolle Stimme hat, aber wer konnte das heute Abend schon beurteilen? Wo es doch gar nichts zum Singen gab! Keine einzige Arie, die den Namen verdient hätte, nicht mal der Ansatz einer Melodie ...«

»Gina, das ist keine Belcanto-Oper, wie du sie von Rossini oder Donizetti kennst.« Mutter konnte sich ein Schmunzeln nicht verkneifen. »Bei Britten steht das Rezitativ im Vordergrund, und –«

»Dann soll er meinetwegen rezitieren, bis die Pferde Ostern feiern! Ich jedenfalls hab genug davon.« Gina nahm einen Schluck aus ihrer Tasse und wechselte abrupt das Thema. »Ariana, deine Perlenkette ist aber ein echter Hingucker! Konnte schon vorhin beim Tee kaum die Augen davon lösen. Nehme an, die sind echt?«

»Aber natürlich sind die echt«, antwortete Irina an Mutters Stelle. »Es sind schwarze Orientperlen.«

Gina stieß einen Pfiff aus. »Die müssen ein Vermögen gekostet haben ... Woher hast du sie denn?«

»Ein altes Familienerbstück«, sagte Mutter und schlug die Augen nieder. »Von meiner Urgroßmutter.«

»Der *Prinzessin* Bibescu?«, fragte Gina und runzelte die Stirn.

Mutter nickte und ihre Wangen färbten sich rosa.

»Was?« Sandra blickte von ihrem Smartphone auf. »Deine Urgroßmutter war eine Prinzessin? Ich mein, eine *richtige* Prinzessin?«

»Ganz genau.« Irina ließ Mutter auch diesmal nicht zu Wort kommen. »Sie war die Schwiegertochter des Woiwoden Bibescu und eine berühmte Pianistin noch dazu! Und sie führte den bekanntesten Salon jener Zeit in Paris, den jeder frequentierte, der in der Welt der Musik etwas zu sagen hatte: Liszt, Saint-Saëns, Debussy ...«

»Wow, das muss toll gewesen sein ... ein musikalischer Salon!« So etwas wie Ehrfurcht zeichnete sich in Sandras Gesicht ab.

Irina, die offensichtlich überrascht war über den Eindruck, den sie bei Sandra weckte, fuhr eifrig fort: »Ja, und außerdem war sie auch eine große Förderin der Künste. Ihr kann man es schließlich verdanken, dass George Enescu zu dem geworden ist, was er heute ist:

der größte rumänische Komponist. Ohne sie würde es keine Rhapsodien geben – und auch keinen *Oedipe*.«

»Irina, du übertreibst«, sagte Mutter, immer noch leicht rosa im Gesicht. »Enescu hätte es sehr wohl auch ohne sie geschafft. Sie hat ihm nur ein wenig unter die Arme gegriffen, das ist alles.«

Silviu wusste, dass Mutter derartige Gespräche peinlich waren. Er kannte natürlich all die Geschichten rund um die berühmte Bibescu-Familie, aber Mutter hatte immer streng darauf geachtet, dass in den Kindern nicht irgendein Standesdünkel aufkeimte. Zum Unterschied von Irina war es Silviu ziemlich schnuppe, dass er der Ururenkel eines Fürsten der Walachei war.

Die Musikkapelle hatte inzwischen aufgehört zu spielen. Der Markusplatz war jetzt fast menschenleer. Es waren nur noch einzelne Stimmen und das Tappen leichter Schritte auf Marmor zu vernehmen – das einzige Geräusch, das aus der umlaufenden Arkade drang. Silviu hatte das Gefühl, sich in einem Salon unter freiem Himmel zu befinden.

Sie machten sich auf den Weg zum Vaporetto. Im fahlen Licht des Mondes wirkte die Basilika mit ihren niedrigen Kuppeln und reichen Ausschmückungen noch erhabener als sonst. Die Meeresbrise wehte sanft zwischen den Zwillingssäulen der Piazzetta. Sie kamen an der Riva degli Schiavoni an und bogen links ab, zur Station S. Zaccaria. Das Vaporetto hatte soeben angelegt. Sie beschleunigten ihre Schritte. Gina, von ihren beiden Söhnen gestützt, keuchte schwer.

Silviu und Dinu betraten als Einzige die äußere Plattform im Heck des Bootes, wo es ein paar Sitzplätze gab, die noch alle frei waren. Dinu warf einen Blick über die

Schulter, offenbar um sicherzugehen, dass sie nicht belauscht wurden.

»Hör zu«, flüsterte er hastig, »wir müssen reden.« Er umfasste Silvius Hand und hielt sie fest. »Ähm ... was dort oben passiert ist ... das ist ... anders, als du denkst. Ich hab ... viel darüber nachgedacht und ... ähm ... wollte dir unbedingt sagen ..., dass nämlich ...« Die Worte schienen Dinu plötzlich im Hals stecken zu bleiben. Er lief puterrot an und verfiel in Schweigen, ohne jedoch den Griff um Silvius Hand zu lockern.

Silviu schloss die Augen und dachte an das Gefühl von Dinus Lippen auf seinen, und gleichzeitig dachte er auch an den Entschluss, den er noch in derselben Nacht gefasst hatte.

»Ist schon gut – alles klar«, sagte Silviu und zog seine Hand weg. »Ich weiß, dass es nur ein Spiel war, okay?«

»Was – was meinst du damit?«

»Na ja, du hast schließlich ziemlich viel von dem Champagner getrunken, da kann so etwas schon mal passieren, kein Grund zur –«

»Aber –«

»Mach dir meinetwegen keine Gedanken, okay?« Silviu versuchte zu lächeln, doch es war eine merkwürdige Spannung um seine Mundwinkel. »Ich denke, es ist am besten, wenn wir's einfach vergessen und wieder ganz normale Freunde sind, so wie bisher. Okay?«

»Also ... jaah ... okay ... wie du meinst.« Dinu fuhr sich mit einer Hand durch die Haare und stierte aufs dunkle Wasser hinaus.

Ein unangenehmes Kribbeln machte sich in Silvius Magen breit. Eigentlich hätte er jetzt erleichtert sein sollen, da die Angelegenheit geklärt und begraben war.

Doch plötzlich beschlichen ihn unwillkommene Gedanken.

Feigling, rief eine innere Stimme. *Er wollte dir gerade sagen, dass er in dich verknallt ist, und du tust so, als ob du's nicht kapiert hättest.*

Aber nein, das ist unmöglich, er kann gar nicht in dich verliebt sein, hielt eine andere Stimme verzweifelt dagegen. *Das alles war nur ein Missverständnis, mehr nicht. Klang es denn nicht so, als wollte er sich für das entschuldigen, was passiert ist? Er hatte wohl eher Angst, in dir falsche Hoffnungen geweckt zu haben ...*

Hahaha, das redest du dir bloß ein, weil du ganz einfach Schiss hast, dich zu outen. Dein bester Freund ist scharf auf dich und du hast ihn einfach vor den Kopf gestoßen. Feigling, Feigling, Feigling!

Silviu dröhnte der Kopf. Ihm brannten die Wangen. Er schielte zu Dinu hinüber, doch Dinu hatte sich von ihm abgewandt und schien im Anblick der mondbeschienenen Lagunenstadt vertieft, deren Umrisse allmählich verblassten. Eigentlich hatte Silviu aus dem Boot heraus eine Nachtaufnahme des Dogenpalasts machen wollen. Das war jetzt ins Wasser gefallen, genauso wie die Aussicht, Dinus Körper noch einmal so nahe an seinem zu spüren ...

Schweigend saßen sie nebeneinander. Arsenale ... Giardini ... St. Elena ... Die knapp fünfzehnminütige Überfahrt zum Lido erschien Silviu diesmal viel, viel länger als sonst. Er war so in Gedanken versunken, dass er gar nicht merkte, dass sie angekommen waren, bis der Bootsgehilfe das Seil antaute und laut ausrief: »Lido! Lido!«

Silviu sprang auf. »Also dann, bis morgen«, sagte er, ohne Dinu anzuschauen.

»Gut' Nacht«, flüsterte Dinu mit seltsam verzerrter Stimme. Er starrte immer noch hinaus in die schwarze Lagune und machte keine Anstalten, sich zu erheben.

»Wo warst du?«, fragte Isabella mit hochgezogenen Brauen, als Silviu sie beim Ausgang einholte. »Wir haben uns schon Sorgen gemacht.«

»Ähm ... ganz hinten ... am Außendeck ... mit Dinu«, erwiderte Silviu und bemühte sich, möglichst heiter zu klingen. »Hab ein paar Nachtaufnahmen gemacht«, log er und hoffte inständig, dass niemand die Fotos zu sehen wünschte. Doch die Schwestern, die sich offensichtlich mitten in einer Debatte über die rezitativischen Fähigkeiten von J.K. befanden, gingen nicht darauf ein, und auch Mutter schien mit ihren Gedanken ganz woanders zu sein.

Silviu war erleichtert, als er endlich die Tür seines Zimmers hinter sich schließen konnte. Er fühlte sich müde und abgespannt. Die Ferien, die so unbeschwert begonnen hatten, nahmen inzwischen eine beunruhigende Wendung. Er wollte jetzt über nichts mehr nachdenken, sehnte einfach nur den Schlaf herbei, der ihn die Ereignisse des Tages vergessen lassen würde ... Er legte seine Kleider ab, ging ins Bad, wusch sich das Gesicht und putzte sich die Zähne. Dann kroch er ins Bett und schaltete aus Gewohnheit seinen E-Reader an, der auf dem Nachttisch lag. Doch schon nach ein paar Seiten überkam ihn bleierne Müdigkeit und die Buchstaben vor seinen Augen begannen sich aufzulösen. Er legte den Kindle weg, machte das Licht aus und schlief schon nach wenigen Minuten fest ein.

*

Mitten in der Nacht fuhr Silviu aus dem Schlaf hoch,
eher von einem Gefühl als von einem Geräusch geweckt. Da draußen im Flur war irgendwas ... an seiner
Tür ... oder hatte er es nur geträumt? Er hielt den Atem
an und spitzte die Ohren, doch außer dem fernen Rauschen des Meeres, das durchs offene Fenster drang, war
nichts zu hören. Er saß aufrecht im Bett, alle Sinne ge-
schärft, und überlegte eine Weile. Vielleicht war es bloß
Einbildung, die Nachwirkung eines Albtraums, an den
er sich nicht mehr erinnerte. Und dann, gerade als er
sich wieder aufs Kissen legen wollte, war es wieder da,
und jetzt gab es keinen Zweifel mehr: ein leises Schür-
fen und Kratzen, dasselbe Geräusch, das sein Labrador
Platon frühmorgens an seiner Schlafzimmertür machte,
wenn ihm langweilig war und er Silviu aus den Federn
holen wollte.

Silvius Herz hämmerte gegen die Rippen. Ohne das
Licht anzumachen, schwang er die Beine aus dem Bett
und schlich barfuß durchs Zimmer, peinlich darauf
bedacht, möglichst keine Geräusche zu verursachen.
Ihm fröstelte. Er tastete sich an der Wand entlang ... da
war der Spiegel ... noch zwei Schritte ... und er war an
der Tür. Er schmiegte sich an die kalte Oberfläche und
spähte durchs Guckloch – das Herz sprang ihm bis zur
Kehle. Auf der anderen Seite stand eine Hünengestalt –
die breiten Schultern nahmen fast den ganzen Türrah-
men ein – und starrte Silviu direkt in die Augen, offen-

bar ohne zu wissen, dass er beobachtet wurde. Der Mann stand einfach nur da und stierte ins vermeintlich Leere, ernst und traurig, mit tief in den Höhlen liegenden Augen. Seine Hakennase schien durch das Guckloch noch vergrößert. Der *Professor*.

Silviu wich, wie von einer unsichtbaren Faust gestoßen, einen Schritt zurück. Eine nie gekannte Kälte fraß sich in seine Brust. Er kauerte am Boden, unfähig, sich von der Tür zu lösen. Er zitterte am ganzen Körper, wie beim Aufkeimen einer Grippe. Die Gedanken überschlugen sich in seinem Kopf. Allmählich begann er zu begreifen ... Gina hatte also doch recht gehabt ... Dieser Mann hatte es auf ihn abgesehen. Er spionierte ihm nach, er wusste, in welchem Stockwerk und in welchem Zimmer Silviu sich befand – und offenbar wusste er auch, dass Silviu allein war. Was sonst hätte ihn bewogen, sich mitten in der Nacht vor Silvius Tür zu stellen? Hatte er versucht, die Tür zu öffnen? Sie war gesichert, der schwere Schlüssel steckte im Schloss mit zwei vollen Umdrehungen, wie Silviu sich genau erinnerte. Doch, was, wenn Silviu vergessen hätte, die Tür abzuschließen? Würde der Professor ins Zimmer kommen? Würde er so weit gehen, Silviu zu ...?

Minuten vergingen, in denen es Silviu kaum wagte, zu atmen. Irgendwann, nach einer gefühlten Viertelstunde, hörte er ein leises Scharren, gefolgt von schlurfenden Schritten, die sich entfernten. Behutsam und immer noch am ganzen Körper bebend, erhob er sich und spähte erneut durchs Guckloch. Der *Professor* war weg.

Silviu taumelte zurück zum Bett, griff nach seinem Smartphone, wählte Mutters Nummer – und drückte noch vor dem ersten Klingelton auf die Stopp-Taste.

Nein, er würde Mutter jetzt nicht wecken. Schließlich war er kein kleiner Junge mehr, der sich in die Hosen machte, nur weil ein fremder Mann vor seiner Tür stand. Er legte das Smartphone zurück auf den Nachttisch, rollte sich zusammen und zog sich die Decke bis zum Kinn. Wenn nur Dinu jetzt bei ihm sein könnte ... in seinen Armen würde ihn bestimmt nicht mehr frieren. Silviu verharrte eine Zeit lang völlig reglos, bis das Zittern allmählich nachließ und ihm nur hin und wieder noch ein einzelner Schauer über den Rücken lief. Allmählich klärten sich seine Gedanken, der Atem ging ruhiger, und es dauerte nicht lange, bis der Schlaf zum zweiten Mal in dieser Nacht seinen schützenden Schleier über ihn legte.

FÜNFTES KAPITEL

Als Silviu am nächsten Morgen aus dem Fahrstuhl in die Lobby trat, wusste er sofort, dass irgendetwas nicht stimmte. Der prunkvolle Raum mit den riesigen Kronleuchtern, der sonst eine erhabene Ruhe ausstrahlte, und wo man im Flüsterton miteinander sprach, war jetzt brechend voll von Menschen. Sie standen in kleineren oder größeren Gruppen beieinander, quasselten ununterbrochen und versuchten, sich gegenseitig zu übertönen, wobei sie mitunter heftig gestikulierten. Der *maître d'hôtel* und der Concierge eilten zwischen den Gästen hin und her, redeten ohne Unterlass auf sie ein und bemühten sich offensichtlich, die erhitzten Gemüter zu beruhigen.

»Please Sir, let me explain ... There is no reason for concern ... Je suis vraiment desolé, madame ... I'm very sorry, but you must understand ... Andrea, quando arrivano i carabinieri? ... Yes of course, we will inform you as soon as possible ...«

Silviu zwängte sich durch die Menschentrauben und sah sich um. Weit und breit konnte er kein bekanntes Gesicht ausmachen, also ging er rüber in den Frühstückssaal und von dort hinaus auf die Terrasse. Die Seinen saßen wie gewohnt an ihrem Tisch, als ob nichts geschehen wäre. Luigi servierte gerade Kaffee.

»Mutter, was ist passiert? In der Lobby sind eine Menge Leute und –«

»Es ist das passiert, was ich die ganze Zeit prophezeit hab«, antwortete Isabella prompt an Mutters Stelle. Ein triumphierender Ausdruck lag in ihren Augen. »Wir sind in Quarantäne.«

»Was – meinst du?«

»Das Hotel wurde seit heute Morgen acht Uhr unter Quarantäne gestellt. Samt allen Gästen und Mitarbeitern. Für mindestens zwei Wochen. Man darf weder rein noch raus.«

»Aber – warum?« Verwirrt ließ sich Silviu auf seinen Stuhl gleiten.

»Zwei Gäste wurden positiv auf das Virus getestet«, sagte Mutter. »Ein Ehepaar aus Mailand, wie es scheint. Sie wurden heute Morgen ins *Ospedale* gebracht. Um die Verbreitung des Virus zu verhindern, haben die Behörden das Hotel bis auf Weiteres dichtgemacht. Keine ungewöhnliche Maßnahme in so einer Situation. Wenn wir doch nur früher abgereist wären ...« Sie warf einen Blick auf Irina, die schon die ganze Zeit in ihrer Kaffeetasse rührte und es peinlich vermied, irgendjemandem in die Augen zu schauen.

»Die Lage ist sehr ernst«, betonte Isabella. »Soweit ich das mitbekommen habe, wird das Hotel von den Carabinieri praktisch abgeriegelt. Es gilt die höchste Sicherheitsstufe. Der Hotelmanager hat natürlich versichert, dass es uns an nichts fehlen wird. Die Infrastruktur wird aufrechterhalten, das Hotel weiterhin mit allem Notwendigen versorgt. Gäste und Angestellte sitzen ja im selben Topf. Na ja, wir werden sehen ...«

Eine hochmütig dreinblickende Greisin, an deren Fingern mehrere große Ringe funkelten, nahm am Nachbartisch Platz, gestützt von einer jungen Person, die wie eine Kammerzofe aus einer Jane-Austen-Verfilmung aussah.

»What an unpleasantness, indeed«, seufzte die alte Dame, während sie kerzengerade auf ihrem Stuhl saß. »Ich will doch hoffen, dass denen der Darjeeling nicht ausgeht, während wir hier festsitzen.«

»Guten Morgen, Lady Maldorough.« Luigi war wie aus dem Nichts aufgetaucht und machte eine kleine Verbeugung. »Haben Sie gut geschlafen?«

Die Dame machte eine wegwerfende Handbewegung. »Fast kein Auge zugetan. Der Ischias macht mir wieder zu schaffen. Und dann auch noch diese ganze Aufregung heute Morgen ...«

»Ja, das ist sehr ärgerlich. Aber vielleicht kann ein kräftiger Tee Ihrer Lordschaft etwas Erleichterung verschaffen. First-flush-Darjeeling mit Milch – wie immer?«

»Ja – und tun Sie einen ordentlichen Schuss Single Malt dazu, Luigi. Ich glaub, den hab ich jetzt nötig.«

»Für den jungen Herrn einen Cappuccino, nehme ich an?«, fragte Luigi und trat an Silvius Tisch heran.

»Ja, danke«, sagte Silviu mit einem Lächeln. Der Kellner zwinkerte ihm zu und entfernte sich.

In diesem Augenblick dröhnte Ginas sonore Stimme über die Gartenterrasse hinweg. »Ariana, was zum Henker geht hier vor?« Sie schritt watschelnd heran, hochrot im Gesicht und ganz außer Atem. »Dieser Witzbold an der Rezeption konnte mir keine klare Auskunft geben. Der würde nicht mal dazu taugen, mir zu Hause den Rasen zu mähen.«

Bei Ginas Erscheinen zog Lady Maldorough die Augenbrauen so weit hoch, dass sie unter ihrem grauen Haar zu verschwinden schienen.

Während Mutter sie in knappen Sätzen über den Stand der Dinge in Kenntnis setzte, färbte sich Ginas Gesicht immer dunkler.

»Was soll das heißen – Quarantäne? Wir sind doch nicht im Krieg oder so. Wieso können wir nicht einfach abreisen?«

Isabella, die offensichtlich ganz in ihrem Element war, wiederholte fast wortwörtlich, was Silviu gerade erst von ihr gehört hatte, und fügte hinzu: »*Containment* und *contact tracing* sind extrem wichtig beim drohenden Ausbruch einer Epidemie. Wenn es einem gelingt, die Basisreproduktionszahl so gering wie möglich zu halten, dann –«

Gina rollte mit ihren Schweinsäuglein. »Mädchen, erzähl mir keinen Stuss. Eine Gina Haiduc kann man nicht gegen ihren Willen irgendwo festhalten ... schließlich hab ich schon als Kind jeden Sommer mit meinem Vater die Karpaten durchquert. Wir mussten uns mit Bären und Wildschweinen herumschlagen ... und jetzt kommen diese Makkaronifresser ... die haben einfach nicht das Recht –«

»Haben sie sehr wohl«, ereiferte sich Isabella, die ganz rosa im Gesicht wurde. »In Italien gibt es gewiss, wie in jedem anderen europäischen Land auch, ein Epidemiegesetz, demzufolge –«

»Was geht mich deren Epidemie an? Ich bin rumänische Staatsbürgerin – mehr noch, ich komm aus Brăila! – und will zurück in mein Land ...«

»Gina, so einfach ist das nicht«, versuchte Mutter, sie zu besänftigen. »Komm setz dich, und trink einen Kaffee mit uns. Wir sollten jetzt einen kühlen Kopf bewahren. Die Situation ist nun mal, wie sie ist. Es macht alles nur noch schlimmer, wenn wir dagegen aufbegehren ...«

»... und schließlich gibt es weitaus Schlimmeres, als in einem Luxushotel mit Privatstrand eingesperrt zu werden, dazu noch mit allen Annehmlichkeiten«, beendete Isabella den Satz ihrer Mutter.

Doch Gina blieb stehen, schwer atmend und wie zum Kampf bereit, als würde sie nur darauf warten, dass jemand sie herausforderte. Sie schüttelte den Kopf. »Das ist ja unglaublich, was man sich heutzutage alles gefallen lassen muss. Also wenn mein Gicu hier wär, der würd's denen schon zeigen – *containment* hin oder her! Schließlich war er ein Revolutionär der ersten Stunde. Der würd sich von ein paar grünschnäbligen Carabinieri sicher nicht einschüchtern lassen.«

»Aber du wolltest ja ohnehin nicht früher abreisen, Gina«, warf jetzt auch Irina schüchtern ein.

»Das stimmt, aber es macht einen Unterschied, ob man freiwillig bleibt oder gezwungen ist, zu bleiben. Wer garantiert uns, dass wir in der Isolation mit allem versorgt werden, was wir brauchen? Ich kenn diese italienischen Schlitzohren zur Genüge! Versprechen dir denn Himmel auf Erden, doch wenn es darauf ankommt –« Gina hielt mitten im Satz inne und ihre Augen weiteten sich. »Und was ist – was ist, wenn uns zum

Beispiel das Klopapier ausgeht, hä? Ich werd mal gleich hinaufgehen und das Zimmermädchen bestechen, dass sie mir ein paar zusätzliche Rollen hinlegt.« Sie wirbelte herum und stürmte mit schweren Schritten davon, was zur Folge hatte, dass Lady Maldoroughs Hand, die die zierliche Teetasse gerade zum Mund führte, mitten in der Luft erstarrte.

»My goodness, how boisterous these Latins are«, flüsterte sie mit spitzen Lippen ihrer Tischgenossin zu, aber laut genug, dass Silviu es hören konnte. Bei allem Ernst der Lage musste er sich einen Lacher verkneifen. Noch ein Glück, dass die Lady kein Rumänisch verstand ...

*

Der Ferienalltag veränderte sich für Silviu nur insofern, als er nun praktisch den ganzen Tag am Strand verbrachte, da die Ausflüge in die Stadt ja jetzt wegfielen und sie alle gezwungen waren, ihre Mahlzeiten im Hotel einzunehmen. Abgesehen von ein paar flüchtigen Wolken in den Morgenstunden, herrschte strahlendes Wetter, sodass es nicht allzu schwer fiel, der neuen Situation etwas Positives abzugewinnen. Tatsächlich schienen sich die meisten Gäste nach der ersten Aufregung schnell in ihr Schicksal zu fügen, und das unbeschwerte Badeleben nahm seinen üblichen Lauf. Man hätte fast meinen können, dass alles wie immer wäre, wären da nicht die Absperrungen vor den Toren des Bäderhotels und zwei schwarze Kombiwagen mit der Aufschrift *carabinieri*, die die Einfahrt blockierten.

Silviu konnte beobachten, wie mehrmals täglich die Schranken für ein paar Minuten geöffnet wurden, sodass diverse Lieferwagen herein- und wieder hinausfahren konnten, die mit der Versorgung des Hotels beauftragt waren. Bei den Mahlzeiten schien es jedenfalls an nichts zu fehlen und die Hotelangestellten waren sichtlich bemüht, den unfreiwilligen Aufenthalt ihrer Gäste so angenehm wie möglich zu gestalten. Selbst Gina musste am Ende zugeben, dass es keinen noch so kleinen Grund gab, sich über irgendetwas, das leibliche Wohl betreffend, zu beschweren.

Jeden Morgen am Frühstückstisch informierte Isabella die Familie – eine frische Ausgabe des *Gazzettino* in den Händen – über die neuesten Entwicklungen: Touristen verließen massenweise die Stadt, weswegen am Bahnhof St. Lucia Sonderzüge organisiert werden mussten; der Flughafen Marco Polo war von Last-minute-Passagieren überfüllt; Restaurants mussten jetzt schon um achtzehn Uhr schließen; das Café Florian lockte die wenigen noch verbliebenen Gäste mit einem Gratis-Kaffee nachmittags von fünf bis sechs. Dennoch stieg die Zahl der Neuinfektionen täglich an, gerade erst wurde in Dorsoduro ein Cluster von über zwanzig Infizierten entdeckt ... Ein-zwei Tage schien nicht allzu viel zu geschehen, doch dann ging es plötzlich Schlag auf Schlag. Eines Morgens berichtete die Zeitung über die Schließung von Schulen und die Absage sämtlicher Kulturveranstaltungen; schon am nächsten Tag wurden sämtliche Lokale geschlossen und die Einwohner durften nur noch aus dringenden Gründen ihr Haus verlassen. Bisher ungesehene Bilder einer menschenleeren Piazza San Marco und eines unbefahrenen Canal Grande zierten die Titelseiten der einzelnen Ausgaben. Am übernächsten Tag wurden dann alle Geschäfte außer den Supermärkten, den Apotheken und der Post geschlossen, und die Zeitung ließ verlauten, dass der Präfekt Veneziens die gesamte Region als »zona rossa« deklariert und unter Quarantäne gestellt hatte. Was bedeutete, dass man das Gebiet weder verlassen noch darin einreisen durfte – es sei denn, man hatte eine Sondergenehmigung, die nur vom Gesundheitsministerium in Rom für Ausnahmefälle ausgestellt werden konnte.

Binnen weniger Tage schien die ganze Welt nur noch von einem einzigen, allumfassenden Thema beherrscht zu werden. Ob zum Frühstück, zum Mittag- oder zum Abendessen – es gab nur noch den einen Gesprächsstoff.

»Diese Blockade ist ja beinahe so schlimm wie in Zeiten der Pest«, sagte Irina verdrossen. »Dabei hätte ich gedacht, dass das alles nur der Fantasie von Albert Camus entsprungen ist.«

»Sag das nicht, Irina«, entgegnete Mutter. »Die Pestepidemie, das müssen schreckliche Zeiten gewesen sein, kaum vorstellbar. Das kann man mit heute einfach nicht vergleichen. Allein schon wegen der medizinischen Versorgung.«

»Das mag schon sein, aber trotz modernster Medizin hat man es nicht geschafft, dieses blöde Virus rechtzeitig einzudämmen«, erwiderte Irina trotzig.

»Irina, wir sprechen hier von einem Virus der biologischen Gefahrenklasse vier.« Isabella setzte wieder einmal ihre Doktor-Bibescu-Miene auf. »Erst neulich hat das britische Advisory Committee on Dangerous Pathogens das Cremona-Virus in die hochrangige Gesellschaft von Ebola, Marburg und das Virus, das für das hämorrhagische Krim-Kongo-Fieber verantwortlich ist, eingestuft. Die Gesundheitsbehörden haben getan, was sie konnten. Gut, vielleicht hätte man die Quarantäne schon etwas früher ausrufen sollen und –«

»Übrigens, wusstet ihr, dass das Wort Quarantäne etymologisch auf die Pest in Venedig zurückgeht?«, fiel ihr Irina ins Wort. »*Quaranta giorni* – vierzig Tage dauerte die Hafensperre für eingehende Schiffe, die der Seuche verdächtigt wurden, und ich hab gelesen, dass ...«

Je mehr sich die anderen in endlose Diskussionen und Debatten rund um die Cremona-Epidemie vertieften, desto mehr war Silviu geneigt, seinen eigenen, geheimen Gedanken nachzuhängen. Er hatte in letzter Zeit nur wenig und unregelmäßig geschlafen. Nach jener Nacht, als er den Professor vor seiner Tür ertappt hatte, waren noch weitere Nächte gefolgt, in denen Silviu im Dunkeln und auf Zehenspitzen fröstelnd durchs Zimmer geschlichen war, sich vor die Tür postiert hatte und, am Boden kauernd, mit pochendem Herzen darauf gewartet hatte, dass irgendwelche verdächtigen Geräusche von draußen das Herannahen des *Professors* verrieten.

In der ersten Nacht war nichts geschehen und Silviu war im Morgengrauen mit tauben Gliedern zurück ins Bett gekehrt. Doch bereits in der übernächsten Nacht – er war, den Kopf an die Tür gelehnt, eingenickt – hatte ihn ein leises Scharren und Geraschel im Flur aus dem Schlummer gerissen. Das Herz hatte Silviu wild gegen die Rippen geschlagen, als er sich auf wackligen Beinen erhoben und durch das Guckloch erneut in das bleiche, ernste Gesicht des Professors gespäht hatte. Bei Nacht wirkten die Augen des Mannes noch unheimlicher als bei Tageslicht. Sie waren von riesigen, dunklen Ringen umschattet und in den Tiefen der Höhlen versunken. Mit leicht gesenktem Haupt war er dagestanden, hatte in ein scheinbares Nichts gestarrt und offenbar erneut nicht geahnt, dass ihn nur ein paar Zentimeter weiter, auf der anderen Seite der Tür, das Objekt seines Interesses, mit einem klammen Gefühl in der Brust genau beobachtete. Und wie schon beim ersten Mal hatte es eine ganze Weile gedauert, bis sich der Mann von dem Sog, der ihn an diese Tür zu fesseln schien, lösen konnte, und sich mit schlurfenden Schritten wieder entfernte.

Nun kam der *Professor* fast jede Nacht wieder, immer zur gleichen Zeit – zwischen drei und vier Uhr morgens –, sodass Silviu nicht mehr stundenlang auf ihn warten musste. Am Anfang stellte sich Silviu noch den Wecker, dann wachte er kurz vor drei von selbst auf, wie von einer inneren Uhr aus dem Schlaf gerissen. Doch es war nicht Angst, die ihn jedes Mal aufs Neue an seinem Beobachtungsposten trieb. Denn allmählich hatte sich Silviu an die nächtlichen Besuche gewöhnt. Er wusste, dass nichts passieren konnte, solange die Tür verschlossen blieb. Außerdem hatte der *Professor* auch noch nie den Versuch unternommen, sich gewaltsam Zutritt ins Zimmer zu verschaffen. Das schien jedenfalls nicht seine Absicht zu sein. Silviu fragte sich mittlerweile, ob der Mann überhaupt den Mumm hätte, ins Zimmer zu treten, selbst wenn er die Tür unverschlossen, ja sogar sperrangelweit offen vorfinden würde. Doch auf dieses Experiment wollte sich Silviu dann doch nicht einlassen.

Er hätte also die Nächte ruhig durchschlafen können und den Mann einfach sein Ding machen lassen – hätte ihn nicht die quälende Frage nach dem Warum wach gehalten. Er wollte einfach wissen – und das Bedürfnis nach Antworten fühlte sich an wie Durst in einer brennenden Kehle –, wer dieser Mann war, wie er tickte, und vor allem, wieso er gerade an ihm, Silviu, einen Narren gefressen zu haben schien. Was in aller Welt mochte an Silviu so besonders sein, dass ein fremder Mann jede Nacht zu seiner Tür kam, und sich jedes Mal der Gefahr aussetzte, dabei ertappt zu werden? Dem die Peinlichkeit einer solchen Lage, von Unannehmlichkeiten anderer Art mal ganz zu schweigen, nichts auszumachen schien? Es hätte gereicht, wenn Silviu nur ein Mal zum Telefon gegriffen und den Concierge gerufen, oder irgendjemand anderem Bescheid gegeben hätte – und der ganze Spuk wäre vorbei gewesen. Doch Silviu tat nichts dergleichen. Je mehr Nächte verstrichen, in denen der *Professor* mit der Regelmäßigkeit eines Uhrwerks vor seiner Tür erschien, desto mächtiger wuchs der Wunsch in Silvius Herzen, dem Geheimnis dieses Mannes auf die Schliche zu kommen.

Und dann, etwa eine Woche, nach dem die Hotel-Quarantäne verhängt worden war, ergab sich eine unerwartete Gelegenheit dazu. Nach dem Lunch verbrachten Silviu und die Seinen für gewöhnlich ein paar Stunden im schattigen Park auf der Rückseite des Hotels, bevor sie sich wieder zum Sonnenbaden an den Strand begaben. Es war ein später Nachmittag, als Silviu den *Professor* auf der Gartenterrasse bei einer Tasse Tee beobachtete, vertieft in die Lektüre einer Zeitung. Außer dem *Professor*, Lady Maldorough und ihrer Begleiterin waren sonst keine anderen Gäste da. Der Zufall wollte es, dass gerade der alte Luigi, der Silviu stets mit Freundlichkeiten überschüttete, Dienst auf der Terrasse hatte. Und da kam Silviu plötzlich der Gedanke.

Er wartete ab, bis der Kellner mit dem Servieren fertig war und sich auf den Weg in die Küche machte, und tat so, als liefe er ihm just in diesem Moment über den Weg.

»Signor Silviu, *sempre un piacere!*« Auf Luigis faltigem Gesicht breitete sich ein strahlendes Lächeln aus.

»Hallo Luigi, wie geht's denn so?« Die beiden hatten im Laufe der Zeit eine gewisse Vertraulichkeit zueinander gewonnen und Silviu wusste, dass der Italiener einem Pläuschchen nicht abgeneigt war.

Auf seine Frage hin ließ der alte Mann die Schultern hängen und das Strahlen auf seinem Gesicht erstarb so schnell, wie es erschienen war.

»Na ja, was soll ich sagen ... ärgerliche Sache für uns alle ... Im Hotel scheint ja sonst keiner krank zu sein, und trotzdem halten die uns weiterhin fest ... *È uno schifo!* Kann meine Familie in Mestre nicht besuchen ... Fünf Enkelkinder, einer von ihnen noch *piccolissimo*, kaum ein paar Monate alt ...« Seine Augen füllten sich mit Tränen. »Und wie steht's mit Ihnen, Signor Silviu?«

»Ach, ganz gut«, sagte Silviu zerstreut. »Wir sind ja schließlich im Urlaub da, und hätten wir die Ausgangssperre nicht, würden wir kaum eine Veränderung merken.« Er holte tief Luft. »Ähm, hören Sie, Luigi, darf ich Sie mal was fragen? Ähm ... es sollte aber unter uns bleiben.«

»*Ma certo*, mein lieber Junge, nur zu, fragen Sie nur!«

»Ähm ... ich wollte gerne wissen ... der Mann da drüben ...«

Luigi folgte seinem Blick hinüber zum Professor, der nach wie vor an seinem Tisch saß, das Gesicht hinter der Zeitung verborgen.

»Ah, si, Signor Tammon. Was ist mit ihm?«

Silvius Herz machte einen Sprung. »Ähm – Tammon, sagen Sie? So heißt er?«

»Aber sicher doch, Hans Tammon, der *professore* aus Österreich. Und ein berühmter Schriftsteller noch dazu. Zumindest behauptet man das. Ich selbst hab noch nie was von ihm gehört, aber Andrea, der Concierge, erzählte mir neulich, dass einer von Tammons Romanen ein Weltbestseller sei – in viele Sprachen übersetzt und so.«

»Und ... ähm ... wie ist er denn so ... als Mensch, meine ich?«

»Ein feiner Herr. *Distinto*.« Luigi, der sich offenbar auf ein längeres Gespräch einstellte, platzierte sein Tablett auf einen freien Tisch. »Solche Art Menschen gibt es heutzutage nur noch selten. Überaus nett, bedankt sich tausendmal für alles, und macht den Eindruck, als ob es ihm peinlich wäre, bedient zu werden. Ja, ja, ich kenne die Menschen nur zu gut und kann Ihnen sagen: Dieser ist aus besonders edlem Holz geschnitzt.« Er senkte die Stimme. »Allerdings, da Sie mich fragen: Trotz tadelloser Manieren ist er irgendwie auch ein wenig ... nun ja ... sonderbar. *Vuol dire*, man kommt nicht wirklich an ihn heran. Es ist, als ob ihn eine unsichtbare Wand von den anderen Menschen trennen würde, Sie verstehen, was ich meine ...« Er sah Silviu einen Moment lang tief in die Augen und hob dann die Brauen. »Aber warum interessieren Sie sich für ihn?«

Silviu spürte, wie er rot anlief. Er gab sich größte Mühe, seinen Worten einen beiläufigen Ton zu verleihen. »Ach, einfach nur so, nichts Besonderes. Ich wollt's einfach wissen, mehr nicht ... man läuft sich ja tagtäglich über den Weg, da dacht ich –«

»Wünschen Sie, dass ich euch bekannt mache? Der *professore* könnte ein wenig Gesellschaft sicher gut gebrauchen. Ist immer so allein, der Arme ...«

Silviu stockte der Atem. »N-Nein, danke.« Plötzlich hatte er es sehr eilig. »Haben Sie vielen Dank, Luigi. Auf Wiedersehen.«

»Ciao, *carissimo*. Stets zu Ihren Diensten.«

Silviu sauste durch die Lobby und, ehe er bis drei zählen konnte, gelangte er zu den Fahrstühlen. Am liebsten wäre er gleich die Treppe hinauf gestürmt. Doch er riss sich zusammen und wartete, bis die Kabine aufging und der Lift Boy ihn nach der Etage fragte.

Elektrischer Strom schien durch Silviu zu jagen und jeden einzelnen Nerv zu treffen. *Hans Tammon.* Endlich hatte er einen Namen!

Im Zimmer angekommen, hängte er das Bitte-nicht-stören-Schild an die Tür, zückte sein Smartphone und warf sich bäuchlings aufs Bett. Dann tippte er mit leicht zitternder Hand die magischen Buchstaben ins Google-Suchfeld: H-a-n-s T-a-m-m-o-n. Die Anzahl der Ergebnisse lag bei satten fünfhunderttausend plus. Auf der ersten Seite fanden sich Links zu Wikipedia, Amazon, einem führenden Literaturverlag aus Deutschland, einem TV-Sender sowie einigen Zeitungsartikeln und Feuilletons. Die meisten Beiträge waren auf Deutsch, doch hin und wieder gab es auch einige in anderen Sprachen. Silviu wählte aufs Geratewohl einen englischen Artikel aus dem Jahr 2007 mit *der Überschrift: Ein Komet am Himmel der deutschsprachigen Literatur!* Das abgebildete Foto zeigte einen merklich jüngeren und etwas hochmütig dreinblickenden Hans Tammon, dessen schwarzes Haar ihm, der heutigen Ausgabe seines Selbst nicht unähnlich, in wirren Strähnen in die Stirn fiel. Unverkennbar waren die Hakennase und die eingesunkenen und schon damals von bläulichen Schatten umgebenen Augen, in denen ein dunkles Feuer zu lodern schien. Doch hatten sie noch nicht diesen traurigen, verschreckten Ausdruck von heute. Sie blickten, im Gegenteil, keck und ein wenig trotzig in die Kamera.

Rasch überflog Silviu den Text: *Hans Tammon, der sechsundzwanzigjährige Gymnasiallehrer aus Wien und in der Literaturszene bisher ein Nobody, schlug mit seinem Debütroman »Turangalîla« wie eine Bombe ein ... von Kritikern und Lesern gleichermaßen mit Lob überschüttet ... sie nennen ihn den ›neuen Bernhard‹, einen ›Revolutionär deutschsprachiger Prosa‹ ... das verblüffende Finale erzeugt im Leser eine Katharsis, wie es nur die Dramen der alten Griechen vermögen ... schon bald wird sich Österreich mit dem jüngsten Nobelpreisträger aller Zeiten rühmen können ...*

Ähnlich lobpreisende Beiträge fanden sich auch in diversen anderen Literaturblättern aus dem deutschsprachigen Raum. Obwohl Silviu nur ein paar Brocken Deutsch verstand, hatte er doch den Eindruck, dass es immer nur um diesen einen Roman ging, dessen seltsamer und ganz und gar nicht deutsch klingender Titel Silviu jetzt langsam wie ein Mantra vor sich hinmurmelte: *Tu-ran-ga-lî-la.* Beim genaueren Hinschauen fiel Silviu auf, dass die meisten dieser Artikel schon eine Zeit zurücklagen, gut zehn Jahre und mehr. Hatte Hans Tammon denn nach seinem sensationellen Debüt nichts mehr veröffentlicht?

Begierig scrollte Silviu in der Google Trefferliste weiter. Die ersten drei Seiten hatten ausschließlich einen literarischen Bezug, doch auf der vierten Seite schließlich stieß Silviu auf eine Meldung vom 28. April 2010, abermals auf Englisch, die ihm für einen Moment den Atem raubte: *Kevin P., Lieblingsschüler von Hans Tammon, gestern tot im Turnsaal aufgefunden ... Der sechzehnjährige Gymnasiast war offenbar in der Nacht auf Dienstag in die Schule eingebrochen und hatte sich an einem Spalier mit einem Seil erhängt ... Als man ihn am Morgen darauf fand, war er laut Angaben des Gerichtsmediziners bereits mehrere Stunden tot ... Über die Beziehung zwischen Hans Tammon und Kevin P. wird derzeit viel spekuliert ... Mitschüler behaupten, die beiden hätten ein ›sehr enges‹ Verhältnis zueinander gehabt, was auch immer das bedeuten mag. Hans Tammon selbst wollte uns kein Interview geben, doch laut Angaben der Schuldirektorin sei er ›untröstlich‹ über den Vorfall und zurzeit vom Dienst freigestellt ...*

Silviu atmete flach vor Aufregung. Er änderte seinen Fokus, indem er jetzt den Namen *Kevin P.* in die Suchmaschine eingab. Eine Ergebnisliste über mehrere Seiten poppte auf. Die meisten Berichte waren kurz nach dem tragischen Ereignis datiert und brachten keine neuen Details über den Suizid des Schülers. Sie rätselten hauptsächlich über die Rolle Hans Tammons in diesem Drama. Der Junge hatte offenbar keinen Abschiedsbrief hinterlassen und das Motiv für seine Tat blieb weiterhin im Dunkeln. Kevin sei in letzter Zeit lediglich etwas ›merkwürdig‹ gewesen und hätte sich von seinen Mitschülern zunehmend isoliert, hieß es in einer der Meldungen. Das sei jedoch nicht weiter ungewöhnlich, solche Phasen gebe es im Leben vieler Adoleszenten und sei noch lange kein Indiz für eine Suizidgefährdung, behauptete Meredith K., eine namhafte Jugendpsychologin, in einem Interview mit dem *Evening Standard*.

Doch was hatte Hans Tammon damit zu tun? War er vielleicht der Grund für Kevins Verhaltensauffälligkeiten gewesen? War er möglicherweise sogar verantwortlich für – mehr? Beim bloßen Gedanken verkrampfte sich Silvius Magen. Er wagte es nicht, ihn fertig zu denken. Fieberhaft suchte er weiter, doch wie sich herausstellte, blieb alles im Bereich der Spekulation. In keinem der Beiträge konnte Silviu auch nur den kleinsten Hinweis für einen faktischen Zusammenhang zwischen Hans Tammon und dem tragischen Tod seines Schützlings finden.

In den Monaten nach dem Vorfall nahm die Dichte der Meldungen allmählich ab und verebbte fast zur Gänze. Die Person Hans Tammon schien nicht mehr im Brennpunkt des öffentlichen Interesses zu stehen. Dann, aus dem November 2010, fand Silviu einen Artikel mit der Überschrift: *Hans Tammon gibt seinen Posten als Lehrer auf.* Er klickte auf den Link und seine Augen verschlangen jedes einzelne Wort: *Hans Tammon (29), Bachmann-Preisträger und Autor des Romans »Turangalîla«, der die literarische Welt vor zwei Jahren buchstäblich auf den Kopf gestellt hatte, zieht sich aus*

seiner Tätigkeit als Lehrer zurück. In einem kürzlich ver-
öffentlichten Statement des Autors heißt es: ›Ich habe
mich aus dem Lehrbetrieb für immer verabschiedet und
möchte ab jetzt meine ganze Zeit und Energie der Tätig-
keit widmen, die ich am besten kann: dem Schreiben.‹ Es
bleibt nach wie vor ein Rätsel, ob und in welcher Weise
der renommierte Autor in den Selbstmord von Kevin P.,
einem seiner Schüler, involviert gewesen war. Die beiden
hatten offenbar ein spezielles Verhältnis zueinander,
doch bisher hat sich Hans Tammon beharrlich geweigert,
die Fragen der Journalisten zu diesem Punkt zu beant-
worten ...

Und dann, etwa ein Jahr später, brachte ein Wiener
Lokalblatt eine Meldung, die Silviu mühsam mit der
Wörterbuch App übersetzen musste: *Hans Tammon al-*
koholisiert am Steuer von der Polizei aufgegriffen. Der
Schriftsteller Hans Tammon, der in letzter Zeit weniger
durch literarische Erfolge als durch den Suizid seines
Schülers Kevin P. in die Schlagzeilen geraten war, wurde
gestern Abend in der Nähe des Schweizer Gartens von ei-
ner Polizeistreife angehalten. Ein Alkoholtest ergab 2,1
Promille. Ihm wurde eine saftige Geldbuße verpasst und
für mehrere Monate der Führerschein entzogen.

Nach diesem Vorfall wurden die Berichte immer sel-
tener, und über einen Zeitraum von mehreren Jahren
konnte Silviu rein gar nichts mehr über Hans Tammon
entdecken. Dann aber fiel ihm ein Artikel ins Auge, der
kaum zwei Monate alt war. Er trug die Überschrift: *Das*
große Schweigen des Hans Tammon. Hans Tammon, der
2007 mit seinem Debütroman »Turangalîla« einen erd-
rutschartigen Erfolg verbuchen konnte, und mit einem
Mal in den literarischen Olymp katapultiert wurde,

scheint verstummt zu sein. Bedingt durch den tragischen Tod seines Schülers Kevin P., dessen nähere Umstände bis heute ungeklärt blieben, hatte der österreichische Autor 2010 seinen Rückzug aus dem Lehrerberuf bekannt gegeben, um sich nach eigener Angabe, nur mehr dem Schreiben zu widmen. Seither warten die Leser jedoch vergeblich auf ein neues Werk des Autors. Was soll dieses langjährige Schweigen nun bedeuten? Hat Hans Tammon, nachdem er die deutschsprachige Literatur praktisch neu erfunden hat, uns wirklich nichts mehr zu sagen?

Silviu brannten die Augen. Er legte das Smartphone beiseite und vergrub das Gesicht ins Kissen. In seinem Kopf herrschte totale Unordnung, als hätte ihn jemand kräftig geschüttelt. Ein Gefühl aus Faszination und Grauen ließ ihm kalte Schauer über den Rücken laufen. Vor seinem inneren Auge zogen Bruchstücke des vorhin Gelesenen vorbei wie der fließende Text am Monitor eines Nachrichtensprechers. Irgendwie hatte er ja geahnt, dass sich in der Vergangenheit des *Professors* ein dunkles Geheimnis verbergen musste. Nun gab es keinen Zweifel mehr. Doch was war wirklich geschehen? Warum hatte sich Kevin das Leben genommen? War Hans Tammon darin verwickelt? Fühlte er sich etwa schuldig für Kevins Tod? Warum sonst hätte er seine Karriere als Lehrer an den Nagel hängen sollen? Offenbar hatte ihn Kevins Tod derart erschüttert, dass sein Leben anschließend aus dem Ruder geraten war, und er keinen einzigen vernünftigen Satz mehr zu Papier bringen konnte ...

Die Gedanken jagten durch Silvius Kopf wie eine Horde wütender Schimpansen. Da kam auch schon der leichte Druck in der linken Schläfe, ein Zeichen, dass die nächste Migräne im Anmarsch war. Er legte sich auf den Rücken, schloss die Augen und atmete mehrmals langsam und tief ein und aus. Vielleicht wäre es besser gewesen, der Identität des *Professors* – der, wie sich jetzt herausstellte, auch tatsächlich einer war – nicht auf den Grund gegangen zu sein. Doch jetzt war es zu spät. Jetzt war er kein namenloser Fremder mehr, der sich jede Nacht vor Silvius Tür stellte, sondern Hans Tammon. Ein Mann mit einem prominenten Namen – und einer Vergangenheit.

Die Luft wich aus Silvius Lungen und in seiner Brust wurde es eng. Es schien, als wäre die unsichtbare Bande, die ihn mit diesem unheimlichen Mann verband, jetzt nur noch enger geschnürt.

SECHSTES KAPITEL

»Silviu ... Silviu ... SILVIU!«

»Was denn?« Silviu schrak aus seinen Gedanken hoch und blinzelte verdutzt in die Runde. Sie saßen beim Mittagessen auf der Terrasse, soeben hatte man die Suppe – eine apulische Minestrone mit Brokkoli – serviert. Silvius Teller war allerdings noch unberührt, er stocherte nur lustlos mit seinem Löffel darin herum.

Isabella musterte ihn mit vorwurfsvoller Miene.

»Du träumst schon wieder einmal vor dich hin ... Ich hab dich soeben gefragt, ob du das Schreiben des Hotelmanagers bekommen hast?«

»Ähm – welches Schreiben denn?«

»Schau mal genauer auf deinen Schreibtisch. Da liegt mit Sicherheit ein Brief für dich. Wir haben unsere Kuverts heute Morgen nach dem Frühstück vorgefunden. Es geht um die ärztliche Kontrolle. Heute Nachmittag um sechzehn Uhr«, sagte Isabella ernst und zog die Brauen zusammen – genauso wie es auch die Hausärztin Dr. Dancău in Bukarest tat, wenn sie mit einer Spritze an Silviu herantrat, um ihm eine Impfung zu verabreichen.

»Da kommen ein paar Leute und werden Abstriche von allen Hotelgästen nehmen«, sagte Mutter. »Für einen PCR-Test.«

»Was ist denn ein PCR-Test?«, fragte Silviu, nur um etwas zu sagen. Im Grunde war ihm die ganze Sache ziemlich schnuppe.

»Polymerasekettenreaktion. Damit kann man feststellen, ob genetisches Virusmaterial vorhanden ist«, beeilte sich Isabella zu erläutern. »Mit anderen Worten, ob du akut infiziert bist. Also schau, dass du um sechzehn Uhr in deinem Zimmer bist. Die kommen nämlich zu jedem Gast einzeln. Natürlich in voller Montur – Schutzanzug, N95-Atemmaske, Gesichtsvisier ...« Sie hielt einen Moment inne und ein weicher Zug trat um ihren Mund. »Keine Angst – es tut nicht weh. Man pinselt nur kurz in deiner Nase herum und –«

»Ich hab keine Angst!«, gab Silviu gereizt zurück und bereute sofort, laut geworden zu sein. Er schielte zu Mutter hinüber. Ihre Blicke trafen sich und er glaubte, einen Anflug von Besorgnis in ihren wachsamen Augen zu erkennen.

»Weiß man denn, wann die Ergebnisse vorliegen werden?«, schaltete sich Irina ein.

»Für gewöhnlich innerhalb von vierundzwanzig Stunden«, sagte Isabella. »Aber wir befinden uns gerade in der Ausbruchsphase einer Epidemie, die Warteliste bei den PCR-Labors wird wohl entsprechend lang sein. Natürlich gibt es automatisierte Verfahren, die Analysegeräte laufen praktisch rund um die Uhr und werden von einem *Autosampler* bedient, aber dennoch könnte es einige Tage dauern, bis ...«

Silviu aß ein paar Löffel von der Suppe und schob den Teller von sich weg. Er hatte die Sache mit dem Cremona-Virus beinah vergessen, wie auch die ganze Situation, in der sie sich befanden, und dass sie praktisch auf unbestimmte Zeit im Bäder-Hotel festsaßen, in Quarantäne. Zusammen mit all den anderen Gästen. Und mit Hans Tammon.

Erst heute Morgen hatte Silviu die englische E-Book-Ausgabe von »Turangalîla«, dem viel gerühmten einzigen Roman des Professors, auf seinen Kindle heruntergeladen. Gleich nach dem Frühstück, am Strand, hatte er mit pochendem Herzen zu lesen begonnen und dabei Dinu, der neben ihm auf seiner Liege vor sich hingedöst hatte, kaum wahrgenommen. Der Text war zunächst etwas sperrig und Silvius Schulenglisch ausbaufähig. Lange, verschachtelte Sätze, dazu eine Menge Begriffe aus der Musik, die er nicht verstand (und bei Irina wollte er gewiss keine Auskunft verlangen). Nach den ersten zwanzig Seiten war er schon fast so weit, aufzugeben. Doch allmählich kristallisierte sich etwas heraus, ein Protagonist namens Viktor, begabter Pianist und Student am Konservatorium. Ein Einzelgänger und Genie, von Professoren und Studienkollegen gleichermaßen wegen seines scharfen Geistes gefürchtet und gemieden. Dann trat plötzlich jemand in Viktors Leben und stellte alles auf den Kopf: Claudio, ein Flötist, der mit dem Musikstudium gerade erst begonnen hatte. Ein Junge von unwahrscheinlicher Anmut und Schönheit, für dessen Beschreibung selbst dem begnadeten Hans Tammon die Worte zu fehlen schienen, sodass er Oscar Wilde herbeizitieren musste: »As if he was made out of ivory and rose-leaves.« Nachdem sich die beiden zum ersten Mal begegnen, verlieben sie sich Hals über Kopf ineinander – das Genie und der Schönling ...

An diesem Wendepunkt in Viktors Leben war Silviu mit dem Lesen angekommen, als er bemerkt hatte, dass es an der Zeit war, sich fürs Lunch fertigzumachen.

»... wenn der Test für uns alle negativ ausfällt, können wir Venedig jederzeit verlassen, oder?«, fragte Irina, während sie ihre Tagliatelle gekonnt um die Gabel rollte, ohne dabei den Löffel zu gebrauchen.

Mutter schüttelte den Kopf. »So einfach ist das leider nicht. Der Sekretär der Botschaft hat mir vor zwei Tagen mitgeteilt, dass es Verhandlungen mit der Regierung in Rom gebe – bezüglich der Rückholung rumänischer Staatsbürger. Möglicherweise werden demnächst Sonderflüge organisiert. Näheres ist aber noch nicht bekannt. Er hat mir jedoch zugesichert, dass er sich bei mir melden würde, sobald ein fixer Termin feststeht. Wichtig ist, dass wir bis dahin negative Testergebnisse bekommen – sonst dürfen wir ohnehin nicht ins Flugzeug steigen.«

Sie waren mit dem Lunch fertig und Luigi servierte ihnen Kaffee. Silviu stützte sein Kinn in die Hand, was bei Tisch eigentlich verboten war, und beobachtete aus dem Augenwinkel, wie sich auf der gegenüberliegenden Seite der Terrasse Hans Tammon von seinem Tisch erhob. Er schlurfte über den steinigen Boden und blieb, nur ein paar Meter von Silvius Tisch entfernt, abrupt stehen.

Silviu war, als würde ihm ein Eiswürfel in den Magen gleiten. Was hatte Tammon vor? Wollte er ihn etwa ansprechen – hier, vor aller Augen? Silviu warf einen schnellen Blick zu Mutter, die sich gerade Isabellas hitzige Auslassung über das Scheitern der Behörden im Umgang mit der Cremona-Krise anhörte.

»... haben nicht früh genug reagiert ... die Warnungen der WHO nicht ernst genommen ... als ob sie nichts aus der SARS-Epidemie 2003 gelernt hätten ...«

Doch der *Professor* hatte offenbar nicht die Absicht, irgendjemanden anzusprechen. Er kramte umständlich in seinen Taschen herum, holte schließlich ein glänzend-goldenes Zigarettenetui hervor und zündete sich eine Zigarette an. Er machte einen tiefen Lungenzug und atmete den Rauch in kleinen Wölkchen aus, wofür er sich einen empörten Blick von Lady Maldorough einholte, die gleich danebensaß und ihrer Empörung mit einem gekünstelten Hüsteln Nachdruck verlieh. Tammon ließ das Etui zurück in seine Sakkotasche gleiten und setzte sich langsam wieder in Bewegung. Als er an Silviu vorbeikam, trafen sich für einen kurzen Moment ihre Blicke.

Und zum zweiten Mal, seit sich ihre Wege gekreuzt hatten, schenkte ihm Silviu ein schüchternes Lächeln. Tammons Mund zuckte kurz im Versuch, das Lächeln zu erwidern, doch es schien, als ob seine Gesichtsmuskeln vergessen hätten, wie Lächeln ging, denn was herauskam, war eine klägliche Grimasse. Silviu schlug die Augen nieder, erschrocken über seine eigene Kühnheit, und schon im nächsten Moment war der *Professor* von der Terrasse verschwunden.

*

An diesem Nachmittag lag eine drückende Hitze über dem Strand. Es war nicht der Hauch einer Brise zu spüren. Selbst die Kinder der russischen Familie, die meist lebhaft und ungezwungen überall herumtollten und Silviu dabei gelegentlich erzürnten, dösten jetzt nur in der

Nähe der Strandhütten ihrer Eltern vor sich hin. Eine merkwürdige Stille lag in der Luft, lediglich vom Café des benachbarten öffentlichen Strandes drang hin und wieder die sonore Stimme von Edith Piaf bis zu ihnen durch.

Silviu lag unterm Sonnenschirm, leicht schwitzend und vertieft in seinen Kindle. Seit er die Lektüre von »Turangalîla« begonnen hatte, fühlte er sich merkwürdig fern von den Menschen um ihn herum. Es war, als gäbe es nur mehr Hans Tammon und ihn – ein Zauberer und sein noch ungeouteter Lehrling, gestrandet in einer Welt voll Muggel. Selbst Dinu, der mit Kopfhörern neben ihm in der Sonne schmorte, kam ihm wie ein Fremdkörper vor, der einfach keinen Platz hatte in dem Hogwarts, in das er, Silviu, unverhofft Zutritt bekommen hatte.

Viktor und Claudio hatten sich also Hals über Kopf verliebt und in eine Beziehung gestürzt, deren Tiefe und gegenseitige Hingabe sie beide komplett zu vereinnahmen und vom Rest der Welt zu isolieren schien. Viel war da die Rede von androgyner Schönheit, Jugend und Vergänglichkeit und allerlei Spitzfindigkeiten, die Silviu nur vage verstand. Doch eines wurde ihm schon bald klar: Viktors bis zur Besessenheit gesteigerter Anspruch auf Claudios Körper und Seele würden die beiden nicht lange überleben. Und tatsächlich wurde aus Liebe schon bald eine Art Hassliebe und schließlich eine einzige Qual. Viktor schleuderte seinen Abgott Claudio vom Podest, auf das er ihn selbst gestellt hatte, und trieb ihn nunmehr mit seiner Eifersucht und allerlei Gemeinheiten allmählich in die Verzweiflung. Gerade hatten sie einen furchtbaren Streit gehabt und Viktor seinem Geliebten mit dem Handrücken ins Gesicht geschlagen. Dann war Viktor, ganz außer sich über die Ungeheuerlichkeit seiner Tat, in die kalte Nacht gestürzt –

»Silviu?«

»Mhm.«

»Was liest du denn da?«

»Nur so 'n Buch«, sagte Silviu beiläufig, ohne aufzublicken. Dinu setzte sich neben ihn, legte ihm eine Hand auf die Schulter und beugte sich über Silvius Schoß, in dem der Kindle lag.

»Was ist denn das für 'n komischer Titel?« Als Silviu keine Antwort gab, fuhr Dinu fort: »Und was ist eigentlich mit Harry Potter? Du warst doch ganz begeistert davon ...«

»Den hab ich vorerst auf Eis gelegt«, sagte Silviu und spürte einen Anflug von Ärger. Dinus Hand fühlte sich heiß und klebrig auf seiner Schulter an. Er machte einen Versuch, sie abzuschütteln, doch Dinu ließ ihn nicht los.

»Muss ja irrsinnig spannend sein, dieses neue Buch. Du liest jetzt schon den halben Tag darin und tust so, als ob ich gar nicht da wär.« Er langte nach dem Kindle. »Kann ich mal sehen? Worum geht's denn?«

»Das ist nichts für dich«, sagte Silviu entschieden und drehte Dinu den Rücken zu. Warum konnte sein Freund ihn nicht einfach in Ruhe lassen?

»Hey, was soll das? So hochmütig kenn ich dich doch gar nicht. Na gut, ich bin zwar keine Leuchte, aber du könntest trotzdem etwas netter zu mir sein. Zumal –«

Dinu räusperte sich und eine kleine Pause trat ein.

Gerade hatte sich Viktor auf seinem Streifzug durch die Nacht mit einem Stricher eingelassen und war ihm an einen Ort gefolgt, wo es keine Hoffnung gab. *Lasciate ogni speranza, voi ch'entrate*, hieß es da wörtlich im Text – ein Zitat, das Silviu irgendwie bekannt vorkam.

»– zumal du in letzter Zeit irgendwie komisch geworden bist. Vor allem mir gegenüber. Jedenfalls hab ich diesen Eindruck.«

Silviu antwortete nicht. Viktor – der nach dem Treffen mit dem Stricher nur noch Abscheu für sich empfand – war auf dem Weg nach Hause, zurück in die Arme seines geliebten Claudio ... *Wir klammerten uns ungestüm aneinander, als hingen wir beide an einem dünnen Faden, unter uns der finstere Abgrund ... Und nie waren Claudios Küsse inniger, nie hingebungsvoller gewesen, nie hatte ich erlebt, dass er sich derart verausgabte, wie in jener Nacht ... Auf dem Gipfel der Ekstase, als sich das Feuer in mir zur Weißglut steigerte, und ich meinte, mein ganzes Hirn schmelze zu flüssigem Blei, hatte ich eine unglaubliche Vision: Plötzlich war ich körperlos – losgelöst von Raum und Zeit breitete sich mein Bewusstsein mit wahnwitziger Geschwindigkeit immer weiter aus, bis es schließlich das ganze Universum erfasste ...*

»Silviu, bitte hör mir endlich zu. Kannst du nicht für einen Moment das verdammte Buch weglegen? Seit Tagen weichst du mir aus, das kann so nicht weitergehen mit uns. Du musst mir endlich zuhören! Ich hab's dir schon einmal versucht zu sagen, damals auf dem Vaporetto. Was ich für dich empfinde und so ... und dass ich dort oben am Dach nicht betrunken war und dich nicht nur so zum Spaß geküsst hab ... Wenn du mich nicht haben willst, jag mich zum Teufel, aber ich muss endlich wissen, wie es um uns steht und –«

»... *Alles begann sich zu drehen und war von gleißendem Licht durchflutet. Ein gigantischer Chor aus Abermilliarden Stimmen setzte an, kolossale Klänge schwangen durch die ätherische Weite, und das ganze Weltall schien sich in eine einzige, tönende Masse zu verwandeln. Sonnen explodierten und wurden zu purer Musik, die Bahnen von Planeten bildeten interstellare Partituren, und die Galaxien wurden zu den astralen Musikern eines wirbelsturmartig tosenden Orchesters ... In jenem Moment konnte ich die Sterne weinen hören ... Das ganze Universum war von Musik durchdrungen, ja die ganze Materie schien sich in rhythmische Schwingungen verwandelt zu haben ... Und schließlich hörte ich von überallher nur mehr das eine Wort, jetzt klar und deutlich, in einem einzigen, unendlichen Ostinato: TU-RAN-GA-LÎ-LA ... TU-RAN-GA-LÎ-LA ... TU-RAN-GA-LÎ-LA ...*

»SILVIU!«

«Autsch – was denn?« Silviu spürte einen stechenden Schmerz und riss sich widerwillig von seinem E-Book los.

Dinu saß immer noch neben ihm, die Finger in Silvius Schulter verkrampft, und funkelte ihn böse an. »Kannst du mir um Himmels willen sagen, was mit dir los ist? Ich quatsch mir schon seit fast zehn Minuten die Zunge mürb und du tust so, als ob du –«

»Lass mich endlich in Ruhe Dinu, okay? Kapierst du es nicht: Ich will jetzt nicht mit dir reden!« Silviu erkannte seine eigene Stimme kaum wieder. Sie war plötzlich wieder brüchig und schrill wie bei einem Jungen, der gerade in die Pubertät gekommen war. »Und übrigens – du tust mir weh!« Er versuchte, sich aus Dinus Griff zu lösen.

Dinu sprang auf und stemmte die Fäuste in die Hüften. Seine Brust hob und senkte sich, als müsste er schwer atmen, und in seinem Gesicht zuckte ein Muskel. »Schon gut, schon gut ... Hab's endlich kapiert. Der schöne Prinz will sich mit dem Bettelknaben nicht mehr abgeben, stimmt's? Und ich Vollsocke hab dort oben auf dem Dach für einen Moment gedacht, dass du wirklich ...« Er fuhr sich mit den Fingern durch die Haare, und in seinen Augen glitzerte es feucht. »Aber du hast dich inzwischen an deine edle Herkunft erinnert, nicht wahr, Prinz Bibescu? Und das mit Recht, denn wer bin ich schon in Vergleich zu dir, dem Urenkel eines Fürsten? Hat doch mein Großvater noch vor drei Jahrzehnten Schafe gezüchtet. Und so ein Prolet wie ich wagt es, dir näherzukommen? Ich bin doch gerade gut genug, um dir die Schuhe zu putzen, oder? Also – ich geh jetzt.« Er wirbelte herum und stampfte mit großen Schritten davon.

Silviu seufzte und vergrub sein Gesicht in den Händen. *Das kann doch nicht wahr sein! Passiert das wirklich, oder ist das nur ein Traum? Oder hat mir womöglich jemand den Imperius-Zauber verpasst?* Trotz der Schwüle war ihm plötzlich ganz kalt, so, wie es Harry Potter erging, wenn Dementoren in der Nähe waren.

Es dauerte eine ganze Weile, bis Silviu die Augen wieder aufschlug. Er blinzelte und starrte hinaus ins Weite. Am malvenfarbigen Horizont hatte das Meer eine hellgrüne, fast weiß schimmernde Farbe angenommen.

»Silviu, wo bleibst du denn?« Irina stand plötzlich vor ihm, rosa im Gesicht und ein wenig außer Atem.

»Ähm – was denn?«, krächzte Silviu und versuchte, seine Stimme wieder unter Kontrolle zu bringen.

»Komm, wir müssen zum Dinner!«

»Was, es ist schon Zeit?« Er warf einen Blick auf seine Armbanduhr. »Ist doch erst kurz nach sechs.«

»Du weißt doch sicher noch, dass das Dinner heute früher serviert wird als sonst – wegen des Konzerts.«

»Ach so ... das Konzert ... sorry ... hab ich vergessen.«

Irina schüttelte verärgert den Kopf. »Mein lieber Silviu, wo sind schon wieder deine Gedanken ..., komm schon, beeil dich.«

Ohne auf ihn zu warten, machte sie sich auf den Weg ins Hotel.

*

Das Konzert fand gleich nach dem Abendessen auf der Gartenterrasse statt. Irina hatte an diesem Morgen beim Frühstück mit Begeisterung verkündet, dass sich ein kleines Ensemble von Musikern, die selbst im Hotel festsaßen, bereit erklärt hatte, am heutigen Abend ein kostenloses Konzert für Gäste und Angestellte des Hotels zu geben. Das Ensemble sei ursprünglich für einen Auftritt im Teatro Malibran nach Venedig gekommen, doch durch den Ausbruch der Cremona-Epidemie konnte die Veranstaltung nicht stattfinden.

Die klebrige Hitze des Tages hing immer noch in der Luft. In der Mitte der Terrasse wurde ein improvisiertes Podium für die Künstler aufgestellt, und im Garten rundherum zusätzliche Tische und Stühle für das Publikum. Wie es aussah, hatten sich sämtliche Gäste des Hotels und ein Großteil der Belegschaft zu diesem Event eingefunden. Lady Maldorough erschien in einem schwarzen Abendkleid mit einem funkelnden Diadem auf ihrem spärlich behaarten Kopf. Sie trug einer Miene zur Schau, als würde sie einem Begräbnis beiwohnen. Die russische Familie war zu Silvius Ärger ebenfalls vollzählig versammelt. Die Kinder, allesamt in lächerlichen Matrosenkostümen mit bauschigen Ärmeln, tollten ausgelassen auf der Terrasse herum. Luigi und ein paar andere Kellner schlängelten sich an den Gästen vorbei, die Tabletts beladen mit Erfrischungsgetränken und Cocktails. Derweil wuselte Andrea, der Concierge, um die Tische herum und verteilte lose Blätter, auf die das Programm des Konzerts und eine kurze Beschreibung des Ensembles gedruckt waren.

Silviu trug einen leichten Blusenanzug, den ihm Mutter kurz vor Ferienbeginn aus Paris mitgebracht hatte. Die rot-seidene Masche an der Brust hatte er allerdings vorher abgenommen und in seinen Koffer gesteckt. Er und die Seinen suchten sich einen etwas abgelegenen Tisch unter einer großen Pinie und waren gerade dabei, ihre Plätze einzunehmen, als Gina mit Sandra und Remus im Schlepptau neben ihnen auftauchte und den Nachbartisch in Beschlag nahm. Dinu fehlte. Offenbar war er immer noch sauer, doch Silviu wagte es nicht, sich nach seinem Verbleib zu erkundigen.

»Was hören wir denn am heutigen Abend?«, fragte Gina in beiläufigem Tonfall, ohne irgendjemand Bestimmtes anzusehen. Sie kramte in ihrer Krokodilledertasche herum, zog einen kleinen Spiegel hervor, klappte ihn auf und begutachtete sich mit hochgezogenen Brauen.

Irina, die sich bei der Frage offenbar angesprochen fühlte, beeilte sich zu antworten: »Im ersten Teil das Chrysanthemen-Quartett von Puccini, ein leider viel zu selten gespieltes Stück, zutiefst melancholisch und –«

In diesem Moment kam Hans Tammon die von griechischen Vasen gesäumte Steintreppe herunter. Er trug einen Smoking und Lackschuhe, schien aber trotzdem nicht so richtig zur illustren Abendgesellschaft zu passen. Vielleicht lag es an seinem hoffnungslos zerzausten Haar, das ihm den Eindruck eines Bohemiens verlieh. Silviu hatte ihn bisher noch nie ordentlich gekämmt gesehen. Der Friseur im Erdgeschoss hätte bei einem Besuch Tammons sicher alle Hände voll zu tun.

Der *Professor* blieb stehen, ganz nah bei Silvius Tisch, war sich dessen aber anscheinend nicht bewusst, denn er schaute in die entgegengesetzte Richtung, vermutlich auf der Suche nach einem freien Platz. Der Concierge kam ihm zur Hilfe. »Buona sera, professore. Wenn Sie erlauben – da drüben neben dem Brunnen hätten wir noch einen freien Tisch für Sie.«

Tammon nickte und setzte sich in Bewegung. Dabei entglitt ihm ein loses Blatt – offenbar der Programmzettel – und fiel zu Boden, direkt zu Silvius Füßen.

»... und im zweiten Teil singt die Solistin Fiamma Zampieri Arien aus dem barocken Repertoire, unter anderem das berühmte Klagelied des Orpheus aus der Gluck-Oper, transponiert für Mezzosopran, und dann auch noch einige Stücke von Luigi Rossi und –«

»Lass gut sein, Mädchen«, sagte Gina ungeduldig und steckte den Spiegel zurück in ihre Handtasche. »So genau wollt ich es gar nicht wissen.« Sie winkte einen Kellner herbei. »Was möchtet ihr trinken, meine Lieben? Diese Runde geht auf mich.«

Silviu überlegte nur einen Wimpernschlag. Dann hob er den Zettel auf und lief Tammon hinterher. Er holte den *Professor* ein, als er sich gerade auf seinen Stuhl setzen wollte, und hielt ihm das Blatt hin.

»I think, this is yours, Sir.«

Der *Professor* wirbelte herum. Als er Silviu erkannte, zuckte er zusammen und trat einen Schritt zurück. Das Blut wich aus seinem Gesicht, er wurde bleich wie ein Exponat aus einem Wachsfigurenkabinett. Silviu lächelte den *Professor* an – diesmal jedoch nicht zaghaft und verschämt wie noch vor zwei Tagen, sondern geradeheraus, keck und unbefangen. Zu seiner Verärgerung spürte er jedoch, wie er dabei rot anlief.

Hans Tammon schien einen Augenblick wie erstarrt, dann nahm er zögernd den Zettel entgegen und für einen flüchtigen Moment berührten sich ihre Fingerspitzen.

»You – you shouldn't smile like that«, murmelte Tammon, offenbar ziemlich durcheinander, und steckte den Zettel in die Tasche. Dann machte er auf dem Absatz kehrt und hastete schlurfend davon. Es schien fast, als suchte er Zuflucht in den Schatten des Gartens, möglichst weit weg vom Schauplatz des Konzerts. Silviu blickte ihm nach, bis er hinter einer Hecke verschwunden war, und für einen ganz kurzen Moment spürte er den absurd verrückten Wunsch, Tammon hinterherzulaufen. Doch schon im nächsten Augenblick besann er sich wieder, kehrte zu den Seinen zurück und ließ sich schweigend auf seinen Stuhl fallen. Gina, die die Szene offenbar als Einzige beobachtet hatte, warf ihm einen tadelnden Blick zu und öffnete den Mund, um etwas zu sagen – da brach plötzlich Applaus aus und die Musiker betraten das Podium.

*

Kaum war Silviu in sein Zimmer zurückgekehrt, da poppte auch schon eine Nachricht auf dem Display seines Smartphones auf: *Lust auf ein Mondscheinbad?* Silvius Herz machte einen Sprung. Die Message kam von Dinu.

Nicht, dass er um diese Zeit noch große Lust auf ein Bad im Meer hatte, aber es bot die Gelegenheit, sich mit Dinu wieder auszusöhnen. Erst jetzt wurde Silviu allmählich bewusst, woher die bedrückte Stimmung kam, die während des ganzen Abends auf ihm gelastet hatte. Offenbar plagte ihn das schlechte Gewissen über sein Verhalten gegenüber Dinu doch mehr, als er zugeben wollte. Hastig schrieb er zurück: *Okay, komme gleich.* Dann wechselte er seine Abendgarderobe zugunsten einer Badehose und eines T-Shirts, schlüpfte in seine Flipflops, griff nach einem Handtuch und machte sich auf den Weg nach unten.

*

Im hellen Licht des Vollmonds glich das Meer einer silbrigen Scheibe. Winzige Wellen krabbelten über die glatte Oberfläche. Silviu stand am Ufer, das Handtuch auf den Schultern. Er hielt angespannt Ausschau nach Dinu, der immer noch badete, konnte ihn aber nirgends entdecken. In seinen Eingeweiden begann es unangenehm zu rumoren. Was, wenn Dinu zu weit ins Meer hinausgeschwommen war, einen Muskelkrampf bekommen hatte oder ...? Mittlerweile kannte Silviu die übermütigen Anwandlungen seines Freundes nur zu gut.

Endlich – allmählich machte sich Panik breit – glaubte er, einen schwarzen Punkt in der Ferne zu erkennen, der immer größer wurde. Schließlich tauchte Dinus dunkle Silhouette aus dem Wasser auf.

»Na, endlich. Dachte schon, du wärst –«

»Was? Du hast dir doch nicht etwa Sorgen um mich gemacht?« Dinu trat näher und sah Silviu in die Augen. »Das ist aber lieb von dir.« Er beugte sich zu Silviu herunter und gab ihm einen Kuss auf die Wange.

Prompt wischte sich Silviu die Stelle mit dem Handrücken ab. Jetzt war er einfach nur noch wütend, dass Dinu ihn so lange hatte warten lassen. Außerdem konnte er es nicht ertragen, wenn sein Freund diesen ironischen Ton anschlug. Da war's ihm fast lieber, er warf ihm Dinge an den Kopf, wie heute Nachmittag.

Sie setzten sich nebeneinander in den Sand, eingewickelt in ihre Handtücher. Es herrschte vollkommene Stille, lediglich aus weiter Ferne war hin und wieder der einzelne Schrei einer Möwe zu vernehmen. Über das weiße Gesicht des Mondes zogen silbrige Schlieren und es wurde etwas dunkler als vorhin.

Nach einer Weile sagte Dinu: »Glaubst du, dass wir bald wieder nach Hause dürfen?«

Silviu zuckte mit den Schultern. »Keine Ahnung. Mal abwarten, was diese Tests ergeben.«

»Eigentlich ist es doch ganz schön hier ...«

»Ja schon, aber auf Dauer hätte ich nicht Lust, den ganzen Tag nur am Strand herumzuhängen.«

»Mir gefällt's hier«, wiederholte Dinu. »Ich hätte kein Problem, noch länger hierzubleiben. Vor allem –«, er hielt für einen Moment inne und senkte die Stimme, sodass nur noch ein Flüstern herauskam, »– vor allem, wenn du bei mir bist.«

Ärger kochte in Silviu hoch. Jetzt hatte er entschieden genug von Dinus Neckereien. »Mir ist kalt«, log er und machte Anstalten, sich zu erheben, doch Dinu hielt ihn an der Schulter fest.

»Nein Silviu, geh nicht«, sagte er und es klang fast flehentlich. »Bitte.«

»Ich mag es einfach nicht, wenn du dich über mich lustig machst. Okay?« Eigentlich hatte Silviu dem nächtlichen Baden nur zugestimmt, um sich mit Dinu wieder zu vertragen. Doch es war wie verhext. Seit dem Kuss am Dach des Bäder-Hotels fanden sie nicht mehr wirklich zueinander. Genau genommen seit dem Zeitpunkt, als Hans Tammon in Silvius Leben getreten war. Silviu kam plötzlich der Gedanke, dass es allein Tammons Schuld war. Als ob sich der tückische Geist des Professors zwischen ihn und Dinu gestellt und sie auseinandergetrieben hätte. Jetzt schwelte der Streit wieder unter der Oberfläche und drohte jeden Moment zu eskalieren.

Doch Dinu schien nicht nach Streit zumute zu sein. Er wirkte mit einem Mal sehr verunsichert.

»Ich ... wir ... sollten reden.« Er schluckte, und die Worte schienen ihm nur äußerst mühsam über die Lippen zu kommen. »Silviu ... ich ... ich weiß nicht, was mit mir los ist ... seitdem du hier bist ... ist plötzlich alles anders geworden, und ...«

»Ja, das hab ich mittlerweile schon gecheckt«, erwiderte Silviu gehässig, wie es sonst gar nicht seine Art war. »Du willst mich dauernd ärgern, wie erst heute Nachmittag ...«

»Nein ... nein!« Die Finger seines Freundes verkrampften sich in Silvius Schulter. »Silviu, bitte glaub mir ... ich ... ich wollt's dir schon längst sagen ... ich hab's versucht ... ich hab's wirklich versucht ... mehrmals sogar ... nach der Oper, auf dem Vaporetto, erinnerst du dich? ... und dann am Strand ... aber du hast immer wieder abgeblockt ... wolltest mir gar nicht zuhören ... als wenn ... als wenn ich bloß Luft für dich gewesen wäre ...«

Silviu sah ihn an, sagte aber nichts. Die Stelle, wo sich Dinus Fingernägel in sein Fleisch bohrten, brannte höllisch, wie schon heute Nachmittag. Wollte ihm Dinu schon wieder wehtun?

»Silviu ... ich glaub ... ich ... hab mich in dich verknallt.«

Silvius Herz hämmerte plötzlich so wild gegen die Rippen, dass ihm der Atem kurz ausblieb. Er hatte es geahnt, er hatte es kommen sehen. Aber jetzt, da es endlich ausgesprochen war, wusste er nicht, was er darauf antworten sollte. Daher murmelte er die wohl dümmsten Worte, die man in so einer Situation finden konnte: »Das ist ganz nett, aber –«

Als hätte er einen elektrischen Schlag bekommen, zog Dinu seine Hand zurück und sprang auf – so plötzlich, dass Silviu heftig zusammenzuckte. Im blassen Licht des Mondes hatte sich Dinus Gesicht dunkelrot gefärbt.

»Nett?! Silviu, kapierst du denn nicht?« Er griff sich mit beiden Händen an den Kopf. »Ich hab mich total in dich verliebt, ich muss andauernd an dich denken, ich kann gar nicht anders ... Du bist ständig in meinen Gedanken, bei Tag und bei Nacht, wenn ich wach im Bett liege, und dann später in meinen Träumen ... Und alles, was du mir sagen kannst, ist – nett?!«

Auch Silviu war aufgesprungen. Er zitterte jetzt am ganzen Körper.

»Aber nein ... so hatte ich es nicht gemeint ... es ist nur, dass ...«

»Ich kann's nicht mehr ertragen, Silviu, verstehst du?« Dinu keuchte und schüttelte den Kopf, als wollte er ein Insekt loswerden, das sich in seinen Haaren gefangen hatte. »Seit einer Woche geh ich jeden Abend, nachdem Remus eingeschlafen ist, mit einer Flasche Sekt hinauf aufs Dach, besauf mich wie ein Idiot und muss mir dauernd einen von der Palme wedeln ... Gestern waren's sieben Mal bis Mitternacht ... Hab schon Schwielen an den Fingern – schau!« Er hielt Silviu eine Hand vors Gesicht und Silviu zwang sich, nicht hinzugucken. »Sieben Mal – und du gehst mir immer noch nicht aus dem Kopf ... Dann stell ich mich auf die Brüstung und denk: ›Wenn das noch so weitergeht, dann spring ich irgendwann einmal runter, ich halt's nicht mehr länger aus‹ ... Ja, genauso ist es ... Weil ich einfach verrückt nach dir bin, verstehst du? Du hast dich in meinem Hirn ausgebreitet wie ... wie eine Krankheit. Könnt alles für dich tun, alles, was du von mir verlangst ...« Er griff nach Silvius Hand und presste sie an seine Lippen. »Ja, ich will dein treuster Diener sein, dein Vasall, dein Sklave ... wenn du nur einfach wolltest ... Sag, dass du es willst, sag es – bitte!«

Eine ganze Minute lang starrten sie sich schweigend an. Es war die qualvollste Minute in Silvius ganzem Leben, doch er war unfähig, auch nur ein einziges Wort zu sagen. Es war, als ob ihm jemand die Kehle zuschnürte.

Aus Dinus Mund, der unablässig Silvius Finger küsste, kamen nur mehr unzusammenhängende, gurgelnde Laute: »... mich ganz irregemacht ... ich weiß ... nicht mehr, was ich sage, du ...« Plötzlich ließ er Silvius Hand fallen, als hätte er sich an einem heißen Gegenstand verbrannt.

Silviu starrte in die entzündeten Augen seines Freundes und erschauderte. Sie waren von violetten Schatten umgeben und schienen tiefer und tiefer in die Höhlen zurückzutreten – als wären es nicht mehr Dinus Augen, sondern Tammons ...

Und dann ging auf einmal alles ganz schnell: Dinu machte einen Schritt nach vorne, packte Silviu am Handgelenk und riss ihm das Handtuch vom Leib. Silviu versuchte sich loszumachen, stolperte und lag plötzlich rücklings im Sand. Dinu warf sich über ihn, verschränkte ihm beide Arme über den Kopf und hielt sie fest, während er Silvius nackte Brust mit Küssen übersäte. Es war unmöglich zu entkommen.

»Dinu, lass mich los!«

»Du ... du ... bist so ... schön«, stammelte Dinu immer wieder, während seine Lippen über Silvius Hals emporkrochen.

Silviu rang nach Atem. Die Rippen platt gedrückt von Dinus muskelbepacktem Oberkörper, versuchte er vergeblich, sich gegen seinen Freund zu stemmen. Dinu hielt ihn fest und presste sich an ihn, zuerst mit ein paar unbeholfenen Bewegungen, dann immer wilder und ungestümer. Es war, als überrollte Silviu eine heiße Walze. Durch die dünne Badehose stieß Dinus Glied hart gegen seine Leisten.

»So ... schön«, stöhnte Dinu und seine Zunge versuchte, sich einen Weg durch Silvius halb geöffneten Mund zu bahnen.

Sie rangen miteinander, und als Silvius Lippen beinahe Dinus Ohr streiften, biss er mit aller Kraft ins Ohrläppchen. Dinu heulte auf wie ein tödlich getroffenes Raubtier und ließ Silviu endlich aus der Umklammerung.

Silviu sprang auf, doch er war so benommen, dass er nach ein paar Schritten wieder hinfiel. Er rappelte sich noch einmal hoch und schaute sich nach Dinu um, der ein paar Meter von ihm entfernt auf dem Boden kniete und mit den Fäusten so fest auf den Sand einschlug, dass sich um ihn herum eine kleine Wolke bildete.

»Geh nur, geh!«, rief Dinu mit heiserer Stimme. »Du hast kein Herz, Silviu! Was nutzt dir schon deine Schönheit, hä? Du hast doch keine Ahnung, was Liebe ist! Du bist kalt wie ein Fisch!«

Silviu starrte ihn an und versuchte etwas zu erwidern, doch aus seinem Mund kam nur ein leises Röcheln.

»Na los, verschwinde, verdammt noch mal!« Dinu schnellte hoch und warf ihm eine Handvoll Sand entgegen.

Rasch langte Silviu nach seinem T-Shirt und rannte los. Er wurde erst langsamer, als er das Pinienwäldchen hinter sich gelassen und die Treppe mit den zwei steinernen Löwen erreicht hatte, die zum Haupteingang des Hotels führte. Ein stechender Schmerz in der Seite zwang ihn, sich für einen Moment auf die Stufen zu setzen. Sein Atem ging pfeifend und in seinem Kopf dröhnte es. Er konnte immer noch nicht fassen, was gerade passiert war. Und damit nicht genug: Als er an den Strandhütten vorbeigesaust war, hatte er sich eingebildet, einen Schatten bemerkt zu haben, den Umriss einer menschlichen Gestalt, die im nächsten Augenblick schon wieder verschwunden gewesen war. Ganz so, als wäre jemand gerade noch rechtzeitig in Deckung gegangen. Vielleicht war es auch pure Einbildung gewesen, doch was, wenn sie tatsächlich jemand beobachtet hatte? Wie würde er dastehen, wenn Mutter, die Schwestern oder gar Gina davon erführen? Beim bloßen Gedanken wanden sich Silvius Eingeweide wie ein Nest voller Schlangen.

Er verweilte noch ein paar Minuten auf den Stufen, das Pinienwäldchen immer scharf im Blick, falls Dinus Silhouette dort auftauchte. Doch Dinu schien es nicht eilig zu haben, ins Hotel zurückzukehren. Minuten vergingen. Das Hämmern in Silvius Brustkorb ließ nach, und die Gedanken klärten sich. Irgendwie war ihm bei der Vorstellung bange, sich jetzt in die Abgeschiedenheit seines Zimmers zu begeben. Doch die halbe Nacht hier auf der Treppe zu verbringen, war auch nicht viel besser. Außerdem wollte er unbedingt vermeiden, Dinu in dieser Nacht noch einmal unter die Augen zu kommen.

Schließlich raffte er sich auf und betrat die Eingangshalle. Auf halbem Weg zu den Aufzügen schlug er jedoch eine andere Richtung ein und ging hinaus auf die Terrasse, die noch vor wenigen Stunden von den wehmütigen Klagen des Orpheus erfüllt gewesen und jetzt menschenleer war. Ans Schlafengehen war jetzt ohnehin nicht zu denken. Er stieg hinunter in den Garten, hellwach und mit merkwürdig geschärften Sinnen. Ein intensiver, süßlicher Blütenduft hing in der Luft. Silviu kannte dieses Bouquet. Genauso roch es an manchen Sommernächten auch im Garten ihrer Villa am Herăstrău-See. Das musste die Königin der Nacht sein, die schon nach wenigen Stunden wieder verblühte.

Er drehte eine Runde um den Swimmingpool und dann, auf halbem Weg zurück, sah er ihn: Er saß in einem Gartensessel neben einem kleinen Brunnen. Mit dem strähnigen Haar und der Adlernase war er auch noch im dunstigen Licht der Laterne unverkennbar. Aber es war kein bloßes Sitzen oder gemütliches Verweilen, vielmehr erweckte Hans Tammon den Eindruck, von einer unsichtbaren Kraft in den Sessel gedrückt zu werden.

Beim Anblick des *Professors* setzte Silvius Herzschlag für einen Moment aus. Gerade das hatte ihm jetzt noch gefehlt. Als ob er nicht schon genug erlebt hätte in dieser Nacht. Er blieb abrupt stehen und wagte es kaum, zu atmen. Doch Tammon schien ihn nicht wahrzunehmen. Er klebte mit herunterhängenden Armen am Sessel, die Augen weit aufgerissen auf den sternenklaren

Himmel gerichtet. Ein leises Röcheln ging von ihm aus und er bewegte die Lippen, doch Silviu war noch zu weit weg, um Worte zu verstehen. Womöglich war der Mann krank oder erlitt gerade einen Herzschlag oder dergleichen. Sollte Silviu nicht sofort zur Rezeption laufen und Hilfe holen? Doch irgendetwas hielt ihn davon ab. Stattdessen wich er zur Seite und schlich sich im Schatten einer Hecke auf leisen Sohlen an Tammon heran. Nach ein paar Schritten hielt er inne, lauschte angespannt, ging weiter. Doch Tammon schien seine Umgebung kaum wahrzunehmen. Nur seine Lippen bewegten sich unentwegt, wie bei einem Fisch, der im Trockenen gelandet war, und stießen immer wieder dieselben unverständlichen Laute hervor.

Schließlich hatte sich Silviu bis auf wenige Meter an Tammon herangepirscht und hinter einem Oleanderstrauch Deckung gefunden. Jetzt konnte er Tammon deutlich sehen. Sein Gesicht war feucht und glänzte. Sein ganzer Körper bebte, wie von einem inneren Schluchzen erschüttert. Als Silviu endlich die Worte vernahm, die Tammons Lippen entwichen – nun deutlich und unleugbar –, sprang sein Herz gegen die Rippen wie ein verzweifelter Vogel, der aus seinem Käfig entkommen wollte:

»Ich liebe dich ... Silviu ... Ich liebe dich ... Silviu ... Ich liebe dich ... Silviu ...«

SIEBTES KAPITEL

»Diese Ham and Eggs (es klang wie ein einziges zusammenhängendes Wort – *hemmendecks*) schmecken scheußlich«, sagte Gina und schob ihren Teller angewidert beiseite. »Keine Ahnung, warum es die Italiener bis heute nicht gelernt haben, ein ordentliches Frühstück zu kredenzen. *Un espresso e via* – das soll angeblich so schick sein? Mein Gicu würde dabei buchstäblich verhungern! Kein Wunder, dass die heutige Jugend so träge und blutarm geworden ist. Wie soll man auch mit so wenig Kalorien munter in den Tag starten? Zu meiner Zeit hat man zum Frühstück noch so richtig gefuttert: Butter, Käse, Eier – alles vom eigenen Hof. Milch, auf der sich über Nacht der Rahm zweifingerdick gebildet hat, sodass man ihn nur abzuschöpfen brauchte. Dazu noch Pastrami, Wurst und Speck und rote Zwiebeln, die man wie Äpfel essen konnte, so süß waren die. Und natürlich selbst gebackenes Brot. War das ein Schmaus!« Sie fuhr sich genüsslich mit der Zunge über die Lippen. »Da soll noch einer behaupten, dass es einem unter Ceaușescu schlecht ergangen ist ...«

Sandra, die sich eine halbe Scheibe Toast mit etwas Diätmargarine und einem Tröpfchen Honig bestrichen hatte, warf ihrer Mutter einen angewiderten Blick zu.

Gina zog es meistens vor, drinnen zu speisen, da ihr der wiederholte Gang zum Buffet sonst zu mühsam wurde. Diesmal jedoch hatte Luigi zwei Tische zusammengestellt, sodass sie alle zusammen auf der Terrasse frühstücken konnten – offenbar sehr zu Lady Maldoroughs Unmut, die gleich nebenan saß und in regelmäßigen Abständen ein gereiztes Hüsteln von sich gab.

»Wo sind denn deine Söhne geblieben?«, fragte Mutter.

»Ha, du wirst es nicht glauben«, nuschelte Gina (sie hatte sich soeben ein ganzes Croissant in den Mund gesteckt), »aber Dinu lässt sich neulich sein Essen nur noch aufs Zimmer bringen. So vornehm gibt er sich mittlerweile, der Bengel. Na ja, das kommt wohl von seinem Umgang mit der Aristokratie.« Sie warf Silviu einen vielsagenden Blick zu. »*Noblesse oblige*, hahaha. Und der Kleine macht's ihm natürlich nach. Jetzt sitzen sie beide in ihrem Zimmer und genießen ihr kontinentales Frühstück.«

Eine unangenehme Hitze breitete sich auf Silvius Wangen aus. Er allein wusste um die wahren Gründe, weshalb Dinu plötzlich seine Mahlzeiten im Zimmer zu sich nahm. Von wegen vornehmes Getue ... Seit der Episode vor drei Nächten hatten sie so gut wie keinen Kontakt mehr zueinander. Silviu verbrachte nur mehr wenige Stunden am Tag am Strand und dann meistens im Schatten von Mutters Hütte. Hin und wieder schaute er sich auch ein Beachvolleyballspiel an. Ein einziges Mal hatte er Dinu auf dem Weg nach oben im Fahrstuhl getroffen. Sie hatten sich nicht gegrüßt und waren beide peinlich darauf bedacht gewesen, sich nicht in die Augen zu schauen.

Trotz dieser misslichen Lage war Silviu zurzeit mit seinen Gedanken ganz woanders. Je mehr er mit der

Lektüre von »Turangalîla« vorankam, desto stärker spürte er den ungewöhnlichen Sog dieses Romans. Die Katastrophe war mittlerweile eingetreten. Nach jener Liebesnacht, die alle Fesseln gesprengt hatte, und in der Viktor die Sterne hatte singen hören, hatte er beschlossen, Claudio zu verlassen. Doch Claudio hatte den Ausweg aus der zerstörerischen Beziehung bereits selbst gewählt: Am Tag nach ihrer stürmischen Vereinigung hatte man ihn tot aufgefunden – in einem Abstellraum des Konservatoriums, inmitten ausrangierter Musikinstrumente. Claudio war zurückgekehrt an jenen Ort, an dem er sich mit Viktor in den ersten glücklichen Wochen ihrer Liebe heimlich getroffen hatte. Nur diesmal war er dorthin gegangen, um sich das Leben zu nehmen. Mit einer Überdosis Schlaftabletten hatte er die ultimative Antwort geliefert auf all die unbeantworteten Fragen, die Viktor gepeinigt und beinahe in den Wahnsinn getrieben hatten.

Als Silviu an dieser Stelle angelangt war, hatte er das Gefühl gehabt, als hätte ihm jemand ein Kübel Eiswasser übers Herz geschüttet. Claudio, die Romanfigur, hatte sich also umgebracht. Und Kevin P., der Schüler von Hans Tammon, ebenso. Claudio hatte den Tod gewählt, um einer aussichtslosen und qualvollen Beziehung zu entkommen. Und Kevin P., der zu Hans Tammon angeblich eine sehr »enge« Beziehung hatte, – aus welchem Grund war er aus dem Leben geschieden?

Erneut kamen all die Fragen hoch, die sich Silviu bereits bei der Internetrecherche gestellt hatte. Claudio und Kevin – Fiktion und Realität. Bestand da etwa eine Verbindung? Doch das war unmöglich, denn Hans Tammon hatte seinen Roman bereits drei Jahre vor Kevins

Tod veröffentlicht, also zu einer Zeit, als er Kevin vielleicht noch gar nicht persönlich gekannt hatte. Wenn Claudio ein reines Fantasieprodukt war, was war dann Kevin? Die reale Verkörperung dessen, was Hans Tammon in seinem Roman bereits vorweggenommen hatte? Aber konnte so etwas überhaupt passieren – dass das Leben sich nach der Kunst hält, sie praktisch kopiert? Eigentlich sollte es doch genau umgekehrt sein, zumindest wird es einem im Unterricht so vermittelt: dass ein Künstler sich aus einem realen Ereignis inspiriert für dieses und jenes Werk. Doch vielleicht verhielt es sich in Wahrheit ganz anders ...

»... ist zu erwarten, dass die Ergebnisse jeden Moment eintreffen.« Isabellas Stimme hörte sich an, als käme sie von ganz weit her, wie durch einen Trichter. »Angeblich haben die im Ospedale eines der neuesten PCR-Analysegeräte angeschafft und –«

Silviu gab sich einen Ruck, um wieder ins Hier und Jetzt zu gelangen. Er wollte nicht noch einmal von seinen scharfzüngigen Schwestern als Tagträumer entlarvt werden.

»Heißt das, wir können dann gehen?«, schaltete sich Sandra ein.

»Der Sekretär der Botschaft hat mich gestern Abend erneut angerufen«, antwortete Mutter. »Er hat gesagt, man verhandle für die kommenden Tage über einen Rückholflug aus Rom, mit Zwischenstopp in Venedig. Er wollte wissen, wie viele Personen wir sind und so weiter. Gina, ich hab euch auch gleich angemeldet, ich hoffe, das ist dir recht so.«

»Aber natürlich, meine Liebe. Mein Gicu dreht schon allmählich durch, so ganz allein in Brăila ...«

»Und was, wenn die uns dort in so 'n Quarantäne-Hotel wegsperren?«, fragte Sandra.

»Das wird nicht passieren. Wenn wir einen negativen PCR-Test vorweisen können, der nicht älter als zweiundsiebzig Stunden ist, können wir uns direkt zu unseren Wohnsitzen begeben«, sagte Isabella.

»Oh, das ist gut.« Sandra atmete erleichtert auf und Silviu ahnte, weshalb. Offenbar sehnte sie sich jetzt wieder nach ihrem Boyfriend, der in Brăila auf sie wartete. Zumal ihr Annäherungsversuch bei Silviu gescheitert war. Seither hatten sie kein Wort mehr miteinander gesprochen und Sandra setzte jedes Mal, wenn Silviu zugegen war, eine blasiert-hochmütige Miene auf und tat so, als würde er nicht existieren.

Silviu seufzte still in sich hinein. Sandra und Dinu: Die beiden hatten ihm in diesem Sommer so richtig zugesetzt. Wenn er sich wenigstens mit Dinu wieder vertragen könnte ... Im Grunde war er Dinu nicht böse für das, was er getan hatte. Dinu war in jener Nacht nicht mehr er selbst gewesen, er hatte sich einfach hinreißen lassen, übermannt von Gefühlen, die er nicht mehr beherrschen konnte. Was er getan hatte, hatte er aus Liebe getan. Aus Liebe zu ihm, Silviu! Es war schon eigenartig, dass jemand so starke Gefühle entwickeln konnte. Silviu selbst hatte Derartiges noch nie empfunden. Dennoch spürte er sich zu Dinu hingezogen, wenn auch nicht auf solch fatale Art und Weise. Als sie miteinander gerungen hatten und er Dinus hungrige Lippen überall auf seiner Haut gespürt hatte, war Dinu nicht der Einzige gewesen, dem es zu eng in der Badehose geworden war ...

Mittlerweile war sich Silviu ziemlich sicher, dass Hans Tammon sie bei ihrer nächtlichen Rangelei beobachtet hatte. Eigentlich hätte er sich geschmeichelt fühlen können, dass er, Silviu, der Auslöser solch stürmischer Leidenschaft war – und zwar nicht nur bei Dinu! Doch was er zurzeit empfand, war eine sonderbare Mischung aus Verwirrung und Beklommenheit. Und eine leise Trauer, über etwas, das vielleicht für immer verloren war. Vielleicht würde Dinu nie wieder mit ihm sprechen wollen ... Wie dem auch sei, eines wusste Silviu ganz bestimmt: Er selbst würde niemals den ersten Schritt zur Versöhnung machen. Dafür war er einfach zu stolz. Bei diesem Gedanken spürte er das Blut der Bibescus schneller in seinen Adern fließen.

*

Turangalîla – das Wort verfolgte Silviu überall, in seinen Gedanken, in seinen Träumen. Selbst bei den Mahlzeiten ertappte er sich manchmal dabei, wie er das Wort stumm in seinem Geist wiederholte wie ein Mantra. *Turangalîla* – dieses magische Wort musste der Schlüssel zum Roman sein. Doch was bedeutete es? Beim Googeln hatte er nichts Brauchbares gefunden. Die meisten Treffer bezogen sich auf irgendeinen französischen Komponisten namens Messiaen, der eine gleichnamige Symphonie geschrieben hatte. Doch was das Wort tatsächlich bedeutete, darüber herrschte Schweigen. An einer einzigen Stelle fand Silviu dann endlich einen kleinen Hinweis. *Turangalîla* stamme angeblich aus dem Sanskrit und habe eine Vielzahl an Bedeutungen. Es sei dermaßen komplex, dass es weder in Englisch, noch in eine andere Weltsprache mit einem einzigen Begriff übersetzt werden könne.

In jener schicksalhaften Nacht vor Claudios Tod wurde Viktor, der Romanheld, dieses Wortes zum ersten Mal gewahr, ohne dass er seine Bedeutung erfassen konnte. Später löste es dann eine Katharsis in ihm aus. Nach monatelanger schwerer Depression, geistig und körperlich zerrüttet von schrecklichen Schuldgefühlen, war dieses Wort für Viktor wie ein Rettungsreifen, der dem Ertrinkenden im letzten Augenblick zugeworfen wurde. Viktor klammerte sich verzweifelt daran, und irgendwann kam ihm die Idee: Claudio war tot, und nichts und niemand konnte ihn wieder lebendig machen – doch es gab eine Möglichkeit der Wiedergutmachung!

Turangalîla – ein Wort, das mir durch magische Kraft ins Gehirn eingeflößt wurde, als ich Claudio zum letzten Mal in meinen Armen hielt, als sich unsere Lippen zum letzten Kuss vereinten ... Ich liebte ihn nur wegen seiner Schönheit, wegen seines Lächelns, wegen seiner erfrischenden Jugend. Er hingegen schenkte mir alles – seinen Körper, seine Seele, sein ganzes Leben. Er opferte sich, um mir die Inspiration zu einem Werk zu liefern –, ein Werk, das ich mich nun verpflichtet fühlte zu erschaffen. Ich musste es tun, um das Unrecht, das ich ihm angetan hatte, zu sühnen, um ihm zumindest einen Bruchteil dessen zurückzugeben, was er mir in selbstloser Güte geschenkt hatte. Und es musste eine großartige, eine einzigartige Komposition werden ... In diesem Werk würde die Energie seiner Seele schwingen, der Puls seines Herzens

würde darin schlagen, die Leidenschaft seines Blutes dar-
in fließen – es musste eine einmalige, alles übertreffende
Hymne an die Liebe und an die Freude werden. Und der
Name schwebte mir mit feurigen Lettern vor Augen:
Turangalîla-Symphonie.

»Verde!«

»No – blu!«

»Ma no, guarda là, è verde!«

»Sei buffo – è blu, senza dubbio!«

Silviu blickte auf. Ein paar halbwüchsige Italiener spielten Boccia und stritten sich um das Ergebnis. Der eine Junge behauptete, die grüne Kugel hätte gewonnen, der andere hingegen bestand darauf, dass es die blaue war. Obwohl er ihnen schon eine ganze Weile zugesehen hatte, begriff Silviu die Regeln des Spiels immer noch nicht ganz. Das Einzige, was ihm inzwischen klar geworden, war, dass es dabei anscheinend ziemlich viel um Präzision ging.

Man einigte sich schließlich auf Blau und sie sammelten die Kugeln wieder ein. Der Junge, der auf Grün bestanden hatte, starrte Silviu einen Moment an und machte einen Schritt auf ihn zu. Er zeigte ihm die Kugeln.

»Vuoi giocare alle bocce con noi?«

Überrascht schüttelte Silviu den Kopf. Der Junge schaute ihn noch ein paar Sekunden mit unverhohlener Neugier an, dann zuckte er die Achseln und lief zurück zu den anderen.

Silviu griff zu seinem Kindle und begann erneut zu lesen. Irgendwann spürte er eine sanfte Berührung, blickte auf und sah in Mutters besorgtes Gesicht.

»Geht's dir gut, mein Schatz?«

»Ähm – ja, klar.« Hastig legte er seinen Kindle beiseite. »Entschuldige Mutter, ich war nur etwas –«

»– abgelenkt, ja.« Sie lächelte ihr sanftes Lächeln, das er so sehr an ihr liebte. Eine Pause trat ein, in der sie ihn mit ihren großen, dämmergrauen Augen aufmerksam musterte. Er hielt dieser Prüfung nicht lange stand und schlug die Augen nieder.

»Du weißt, du kannst mir alles sagen, was dir auf dem Herzen liegt, chéri. Und damit meine ich wirklich *alles*.«

»Ja, Mutter.«

Eine Zeit lang herrschte Schweigen. Silviu hatte das Gefühl, dass dies ein ernstes Gespräch werden würde, doch im Moment hatte er nicht das geringste Bedürfnis danach. Aus dem Augenwinkel spähte er nach seinen Schwestern, die schon seit geraumer Zeit badeten. Wenn sie doch nur bald zurückkämen ...

»Hattest du Streit mit Dinu?«

Silviu wurde heiß im Genick, und er antwortete viel zu hastig: »Nein – wieso?«

Ein merkwürdiger Ausdruck trat auf Mutters Gesicht. »Nun ja, es ist mir eben nicht entgangen, dass du die Vormittage am Strand jetzt lieber bei mir verbringst, anstatt bei deinem Freund.«

»Ach so – das ist nur weil – Dinu jetzt einen Wasserski-Kurs macht«, log Silviu und war überrascht, wie leicht ihm die Worte über die Lippen kamen. »Ist ganz vernarrt darin und verbringt jetzt die ganze Zeit nur noch –«

Mutter schüttelte den Kopf. »Weißt du, mein Schatz, ich wünschte mir, dein Vater wäre jetzt bei uns.«

Silviu spürte einen Stich im Herzen. Er schwieg, und Mutter fuhr fort:

»Nun ja, es ist eben nicht so leicht, allein drei Kinder großzuziehen. Alle Entscheidungen selbst treffen zu müssen, niemanden neben sich zu haben, den man um Rat bitten kann; der einem sagt, ob man dies oder jenes nicht anders, nicht besser machen könnte ... verstehst du?«

Silviu nickte, obwohl er nichts verstand, aber er wollte Mutter nicht unterbrechen. Eines verstand er aber sehr wohl, nämlich dass es ihr in diesem Moment ein Bedürfnis war, sich auszusprechen.

»Ich hab zumindest immer versucht, für meine Kinder da zu sein, besonders dann, wenn ich das Gefühl hatte, dass sie mich brauchen. Bei deinen Schwestern – so unterschiedlich sie in ihrem Temperament auch sein mögen – ist mir das auch ganz gut gelungen. Zumindest glaube ich, dass ich sie mit ihren Ängsten und Sorgen nicht allein gelassen habe. Doch bei dir«, zwischen ihren Augen bildete sich eine kleine Falte, »ist es anders. Bei dir weiß ich nie wirklich, was du denkst, was du fühlst. Und das ist ja gerade das Unerklärliche. Du bist mir in vielerlei Hinsicht sehr ähnlich, und doch ... Manchmal bilde ich mir ein, da ist eine unsichtbare Mauer zwischen uns ... und hinter dieser Mauer verbirgt sich ein einsamer, verunsicherter Junge, ein Junge voll heimlicher Ängste und Sorgen ... und ich schaffe es nicht, diese Mauer zu durchbrechen, um meinen Jungen zu beschützen. Mir wird jedes Mal ganz kalt ums Herz, wenn ich mir das vorhalte ...« In der Pause, die darauf entstand, starrte Silviu hartnäckig auf seine Füße. »Und gerade in solchen Momenten vermisse ich deinen Vater mehr denn je. Es vergeht kein Tag, an dem ich mir nicht wünschte, er wäre bei uns ...«

Silviu spürte in seinen Augenwinkeln ein Brennen und starrte blinzelnd aufs Meer hinaus. Für den Bruchteil einer Sekunde war er bereit, ihr alles zu erzählen. Alles, angefangen beim ersten Kuss am Dach des Hotels, von Hans Tammon, seinen Nachstellungen und seinem unheimlichen Roman, bis hin zu Dinus leidenschaftlichem Ausbruch vor ein paar Nächten am Strand. All dies brannte ihm jetzt auf der Zunge, er spürte, wie es jeden Moment aus ihm heraussprudeln wollte ... Doch nein, das war unmöglich! Er konnte ihr unmöglich von diesen Dingen erzählen. Allein der Gedanke trieb ihm die Schamesröte ins Gesicht. Das war einzig und allein seine Angelegenheit. Und er musste mit beiden allein klarkommen: mit Dinu als auch mit Hans Tammon. Das war ausschließlich eine Sache zwischen ihm, Silviu, und den anderen beiden. Niemand sonst durfte daran teilhaben.

Nach langem Schweigen sagte er, nur um etwas zu sagen: »Wie war er denn so – Vater, mein ich?«

Hastig wischte sich Mutter eine Träne aus dem Auge.

»Ach, er war ... er war einfach der wunderbarste Mensch auf der ganzen Welt. Wir lebten als Mann und Frau, aber er war mehr als nur ein Ehemann, er war auch mein bester Freund. Ich wünschte mir so sehr, du hättest ihn gekannt – seinen Sanftmut, seine Klugheit, seinen Humor. Er kannte die schrulligsten Witze ... wir haben viel gelacht zusammen, o ja ... Und er war der beste Vater, den ich mir für meine Kinder hätte wünschen können ... ganz vernarrt in Irina und Bella. Na ja, und als dann du zur Welt kamst, da war er völlig aus dem Häuschen ... Ich weiß noch, kurz bevor ... bevor es passiert ist, da hat er zu mir gesagt: ›In diesem Winter in Sinaia bring ich ihm das Skilaufen bei.‹ Er hatte sogar schon die Skier für dich besorgt, während eines Kardiologie Kongresses in Österreich. Zwei niedliche kleine Bretter mit pflaumenfarbener Bindung. Ein ganz neues Modell, gerade erst auf den Markt gekommen, hat er gesagt. Ja, wenn es um seinen Jungen ging, war selbst das Allerbeste gerade noch gut genug. Und dann, zwei Tage, bevor wir in den Weihnachtsurlaub aufbrechen wollten ...«

Es schien, als weigerten sich ihre Lippen, die Worte auszusprechen. Sie griff zu ihrer Handtasche und holte ein Taschentuch hervor. Silviu wagte nicht, sie anzusehen, und starrte weiterhin hinaus aufs Meer. Es war das erste Mal, dass Mutter mit ihm so offen über Vater sprach.

Wie es sich wohl anfühlte, wenn sich zwei Menschen so innig liebten ... Es gab so viele verschiedene Arten von Liebe ... Dinu war bis über die Ohren in Silviu verliebt, doch das konnte man wohl kaum mit der Art von Liebe vergleichen, die Silvius Eltern verbunden hatte ... oder vielleicht doch? Auch Viktor und Claudio hatten sich geliebt, in maßloser Übersteigerung und Überreizung der Sinne, doch war es eine zerstörerische Liebe gewesen und Claudio schließlich daran zerbrochen. Und was war mit Hans Tammon? Hatte er seinen Schüler Kevin auch so heftig geliebt, dass dieser am Ende keinen anderen Ausweg mehr gesehen hatte, außer den Tod? Und warum interessierte sich Tammon jetzt für Silviu? Was wollte er von ihm?

Überstürztes Reden, immer wieder von herzhaftem Lachen unterbrochen, riss Silviu aus seinen Gedanken. Irina und Isabella, offenbar in aufgelöster Stimmung und ausnahmsweise mal nicht in einem Streitgespräch verwickelt, waren vom Baden zurückgekehrt.

»Stellt euch mal vor«, sagte Irina atemlos, während sie sich in ihr Badetuch einwickelte, »wir waren gerade Zeuginnen eines Dramas von shakespearschen Dimensionen. Gina hat Sandra soeben mit einem Typen in flagranti erwischt und dem Kerl daraufhin fast den Kopf eingeschlagen.«

»Was?«, riefen Silviu und Mutter wie aus einem Mund.

»Ja, ihr habt richtig gehört«, bestätigte Isabella glucksend. »Also das war so: Wir vertreten uns nach dem Baden noch ein wenig die Beine, als plötzlich laute Schreie von einer der Hütten aus der vordersten Reihe bis zu uns dringen. Ihr wisst schon, die Hütten, die sonst immer leer stehen. Im ersten Moment wissen wir nicht, was los ist, ob jemand womöglich einen Anfall erlitten hat oder so –«

»– also laufen wir die wenigen Schritte bis zur Hütte«, fiel ihr Irina ins Wort. »Und da sehen wir sie: Gina, die Haare zu Berge stehend und scharlachrot im Gesicht –«

»– eine Mänade hätte nicht furchterregender sein können –«

»– schlägt wie von Sinnen mit ihrem Spazierstock auf einen jungen Mann ein, der vor ihr im Sand kniet und sich die Arme schützend über den Kopf hält –«

»– während Sandra einfach nur danebensteht, schluchzend das Gesicht in den Händen vergraben.«

»Nein!«, sagte Mutter und schlug sich eine Hand vor den Mund.

»Aber genauso war's.« Isabella nickte eifrig. »Der Bursche ruft Sandra zwischen zwei Hieben immer wieder etwas auf Italienisch zu, wir verstehen nur Bruchstücke: *Aiutami ... dirla qualcosa ... soccorso ... la strega mi ammazza ...*«

»... doch Sandra ist wie versteinert, wimmert nur vor sich hin und ist nicht in der Lage, auch nur ein einziges Wort herauszubringen.« Irina hob die Hände theatralisch in die Luft. »Und dann –«

»– packt Gina ihren Stock mit beiden Händen und holt zum alles entscheidenden Schlag aus. Und wir denken uns: ›Jetzt ist es um den armen Kerl geschehen‹ –«

»– da taucht, *Deus ex Machina*, wie aus dem Nichts, plötzlich Dinu auf, und es gelingt ihm, ihr den Stock zu entreißen –«

»– und der Italiener nutzt die Gunst des Augenblicks, springt auf und stürzt davon, als hätte er Feuer unter den Sohlen ...«

»›Zum Teufel mit dir, *mascalzone!*‹, brüllt Gina ihm nach und stellt sich dann bedrohlich vor Sandra auf: ›Ab ins Zimmer mit dir. Ich komm gleich nach. Wir haben noch ein Wörtchen miteinander zu reden.‹«

»Und als Sandra sich heulend davonschleicht, packt Gina schließlich Dinu, der betreten danebensteht, am Arm, und entreißt ihm den Spazierstock: ›Wie kannst du es wagen, dich deiner Mutter zu widersetzen, hä? Du Grünschnabel, du Rotznase, du Pickelgesicht! Verschwind aus meinen Augen, sonst kriegst du auch noch was ab.‹ Sie hebt bedrohlich den Stock und Dinu macht sich schleunigst aus dem Staub.«

Irina schnappte nach Luft, das Gesicht ganz rosa vor Aufregung. »Schließlich entdeckt sie auch uns unter den herumstehenden Zuschauern: ›Da gibt's nichts zu begaffen, Mädels!‹ Wir murmeln eine Entschuldigung und wollen uns davonmachen, doch sie tritt näher an uns heran und schaut uns scharf ins Gesicht: ›Ich hätt ihn glatt umbringen können, diesen Makkaronifresser!‹«

»Und mit erhobenem Haupt, den Spazierstock fest im Griff, kehrt sie uns den Rücken zu und marschiert davon«, beendet Isabella, ganz außer Atem, die Geschichte.

Silviu lauschte mit halb geöffnetem Mund dem Bericht seiner Schwestern und wusste nicht, ob er lachen sollte oder nicht. Arme Sandra, ihr würden gewiss noch ordentlich die Leviten gelesen. Doch als er an Dinu dachte, schlug Silvius Herz plötzlich höher. Schließlich war es Dinu gelungen, die Situation zu entschärfen, seiner Schwester zu Hilfe zu eilen und sich seiner Mutter zu widersetzen. Einer wutentbrannten Gina entgegenzutreten kostete gewiss einiges an Mut ...

Mutter schüttelte den Kopf. »Du meine Güte, meine arme Gina«, sagte sie und versuchte erst gar nicht, ein Schmunzeln zu unterdrücken. »Ich glaub, wir werden uns beim Dinner noch einiges anhören müssen.«

In dem Moment ging Mutters Smartphone los.

»Bibescu ... Ja, richtig ... das klingt ja wunderbar ... wann denn genau? ... Flughafen Marco Polo? ... Ja, natürlich, wir werden ein Wassertaxi nehmen ... Haben Sie vielen Dank. Auf Wiederhören.«

Mutter legte das Telefon beiseite. »Kinder, es gibt gute Nachrichten. Das war soeben die Botschaft in Rom.« Ein

Strahlen ging über ihr Gesicht. »Wenn unsere Tests negativ sind, fliegen wir übermorgen nach Hause.«

*

In jener Nacht hatte Silviu einen seltsamen Traum. Er befand sich im Pariser Salon seiner Ururgroßmutter, der berühmten Prinzessin Bibescu – doch nein, er selbst war die Prinzessin – und deshalb kam es ihm auch überhaupt nicht komisch vor, dass er ein Abendkleid aus schwarzem Satin trug und Mutters dreireihige Perlenkette, die früher der Ur-Prinzessin gehört hatte.

Viele prominente Gäste hatten sich zur Soiree eingefunden, darunter der alte Franz Liszt, der eine Mönchskutte trug und schneeweißes, schulterlanges Haar hatte. Er setzte sich ans Klavier und forderte Silviu auf, sich neben ihn zu setzen. Silviu machte eine anmutige Verbeugung und nahm an der Seite Liszts Platz. Sie lächelten einander zu und begannen mit vier Händen zu spielen. Silvius Finger flogen wie von allein über die Tasten, obwohl er noch nie im Leben Klavier gespielt hatte. Seine geschmeidigen Hände überkreuzten sich mit jenen des Meisters. Gemeinsam zauberten sie die schönsten aber auch kniffligsten Melodien, die waghalsigsten Akkorde und Klangkaskaden, die Silviu je zu Gehör bekommen hatte.

Am Ende der Darbietung brach tosender Beifall aus, und Silviu und der Meister nahmen sich an den Händen und verneigten sich gemeinsam. Die Gäste kamen einer nach dem anderen, um ihnen zu huldigen. Marcel

Proust war da, hübsch und noch ziemlich schüchtern, aber auch Enescu war gekommen, der blutjunge Komponist und Geigenvirtuose, dessen Rhapsodie erst vor kurzem und mit großem Erfolg uraufgeführt worden war.

Dann erspähte Silviu in der Warteschlange zwei Herren in Frack, offenbar in vertrautem Gespräch miteinander, der eine noch sehr jung, der andere noch nicht alt. Als sie Silviu ihre Gesichter zuwandten, machte sein Herz einen gewaltigen Satz, denn er erkannte in ihnen seinen Jugendfreund Dinu und Hans Tammon, einen berühmten Schriftsteller und Liebling der Pariser Gesellschaft. Als sie endlich an der Reihe waren, trat zuerst Dinu augenzwinkernd auf Silviu zu, gab ihm einen Kuss auf die Wange und flüsterte ihm ins Ohr: »Gut gemacht, Darling.« Hans Tammon folgte ihm mit einer tiefen Verbeugung. Silviu schenkte ihm das süßeste Lächeln, das er hervorzaubern konnte, und Tammon wurde ganz rosa im Gesicht. Leise stammelte er die Worte, die Silviu schon einmal von ihm gehört hatte: »You shouldn't smile like that.«

Irgendwann setzte sich Enescu ans Klavier und stimmte einen nonchalanten Walzer an, den kein Geringerer als Saint-Saëns eigens für die Prinzessin komponiert hatte. Dinu trat noch einmal an Silviu heran und forderte ihn zum Tanz auf. Doch wie von Zauberhand war das Abendkleid plötzlich weg und Silviu splitternackt, bis auf die Perlenkette der Prinzessin, die noch immer seinen Hals schmückte. Doch das störte ihn nicht im Geringsten. Dicht an dicht wirbelte er mit Dinu im Dreivierteltakt durch den Saal ... und ehe er sich's versah, wechselte sein Tanzpartner, und plötzlich war es

Hans Tammon, der ihn leichtfüßig übers Parkett führte, bis Dinu wiederum den *Professor* ablöste ...

Auf einmal begann das Kerzenlicht in den Kristall-kronleuchtern zu flackern, die Gesichter um ihn herum verschwammen, und Silviu tanzte jetzt nicht mehr ab-wechselnd mit den beiden –, sondern war mit ihnen auf magische Weise vereint, ganz so als wären er, Dinu und Tammon zu einer einzigen Person verschmolzen. Die Musik und das Stimmengewirr ebbten ab und waren nur noch ein Echo ihrer selbst und ...

... Silviu saß mit einem Mal kerzengerade in seinem Bett. Der Traum war so real gewesen, dass er einen Moment brauchte, um zu begreifen, wer und wo er war. Er strich mit einer Hand über seine Boxershorts – sie waren an einer Stelle ganz feucht. Obwohl das für ihn nun wahrlich nichts Neues mehr war, empfand er dennoch dieselbe leichte Scham wie beim allerersten Mal, als ihm das passiert war. Rasch streifte er die Shorts ab, trottete ins Bad und stellte sich unter die Dusche. Er ließ das Wasser so lange auf sich niederprasseln, bis die Traumbilder in seinem Kopf allmählich blasser wurden und schließlich völlig verschwanden.

Nach ein paar Minuten – nunmehr völlig wach – kam er aus der Duschkabine und trocknete sich ab. Während er sich die Haare föhnte, fiel sein Blick in den Spiegel. Ein blasser Junge schaute zurück, dessen graublaue Augen unter den zerzausten Locken träumerisch und etwas verängstigt dreinblickten. Sonne und Seeluft hatten ihn nicht verbrannt, seine Haut war marmorhaft geblieben wie zu Beginn der Ferienzeit. Dinu hingegen sah nach fast vier Wochen tägliches Sonnenbaden beinah aus wie ein kleiner Zigeuner.

Silviu musterte sein Antlitz im Spiegel. Konnte man es als schön bezeichnen? War er, Silviu, insgesamt schön? Er hatte sich bisher noch nie Gedanken darüber gemacht, doch jetzt, wo er genauer darüber nachdachte, war er sich nie sonderlich schön vorgekommen. Es war noch nicht lange her, da hatte er sich sogar ein wenig geschämt für seine schmächtige Gestalt und sein mädchenhaftes Aussehen. Wenn jemand schön war, dann zweifellos Dinu. Mit seinem athletischen, braun gebrannten Körper zog er die Blicke der Mädchen auf sich – das war Silviu nicht entgangen.

Doch was war eigentlich Schönheit, wie definierte man sie? *Der Junge ist das Ebenbild seiner Mutter, er hat die Augen seiner Mutter*, wurde oft über Silviu gesagt. Mutter galt allseits als schöne Frau. Einmal, auf einer Party in ihrer Villa am Herăstrău-See, hatte Silviu einen Gast zu Mutter sagen hören, sie sei die begehrenswerteste Witwe in ganz Bukarest. Mutter hatte daraufhin nur gelacht, doch Silviu hatte gesehen, wie sie ganz rosig im Gesicht wurde und ihre Augen niederschlug. Silviu wusste, dass es ihr peinlich war, wenn man ihr in Gegenwart ihrer Kinder derlei Komplimente machte. Er war als Kind immer stolz gewesen, wenn man ihn auf die starke Ähnlichkeit mit seiner Mutter hingewiesen hatte. Was er allerdings schon immer gehasst hatte, war, wenn ihn fremde Leute berührten, ihm übers Haar strichen oder dergleichen, was früher sehr oft und auch heute noch ab und zu vorkam. In letzter Zeit verdrückte er sich ohnehin meistens in sein Zimmer, wenn es einen Empfang in ihrem Haus gab, und erschien nur, wenn er gerufen wurde. Dann verspürte er neben Verlegenheit immer auch ein leises Prickeln, wenn er das

Staunen in den Augen der Besucher sah – ein Staunen, das fast immer von irgendwelchen Äußerungen über sein hübsches Aussehen begleitet wurde. Bei solchen Gelegenheiten wurde Silviu ganz heiß um die Ohren, er schlug die Augen nieder, starrte hartnäckig auf seine Füße und konnte es kaum erwarten, den Raum wieder zu verlassen.

Als die Haare trocken waren, kehrte Silviu zurück ins Zimmer, zog ein paar frische Shorts an, legte sich bäuchlings aufs Bett und holte seinen Kindle hervor. Er blätterte ein wenig herum und fand schließlich die Stelle, die er suchte.

Die bittere Erkenntnis, dass ich ihn ohne seine jugendliche Anmut und Schönheit nicht mehr so uneingeschränkt lieben konnte, hatte meinem bisher unerschütterlichen Glauben an die Dauerhaftigkeit unserer Liebe den Boden entzogen. Denn ich musste schließlich erkennen – und es brach mir fast das Herz –, dass ich seinen Körper mindestens genauso sehr liebte wie seine Seele, und dass ich mich nicht darüber hinwegtäuschen könnte, dass der Verlust seiner androgynen Schönheit meine Zuneigung schmälern würde.

Claudio, die tragische Romanfigur, war ein Junge von außergewöhnlicher Schönheit. Viktor liebte ihn vor allem wegen seiner Schönheit und konnte den Gedanken nicht ertragen, dass diese Schönheit einmal verblassen würde. Die androgyne Schönheit des Knaben, die Metamorphose zum adoleszenten Jüngling und schließlich zum gereiften Mann – ein Prozess, bei dem anscheinend etwas unendlich Wertvolles verloren ging – Silviu verstand nicht, was es damit auf sich hatte. Doch Hans Tammon und sein Protagonist Viktor wussten offenbar alles darüber, denn das ganze Buch schien nur um dieses eine, alles beherrschende Thema zu kreisen.

Aber wenn man wirklich liebt, dann kann *es einem nicht gleichgültig sein, dass die Augen des Geliebten, so hell und klar, irgendwann durch dicke Tränensäcke verunstaltet würden; dass der silberne Klang seiner Stimme bald nicht mehr jugendlich-herb mein Ohr umschmeichelt, sondern sich rauchig und verschleimt anhören würde; dass die marmorne, wie von einem Bildhauer gemeißelte Hand, die bei der kleinsten Berührung auf meiner Haut Schauer des Entzückens hervorrief, schon bald zu einer rauen Männerhand umgeformt werden würde; dass das wuschelige Haar von der Farbe reifer Kastanien, über das meine Hand mit ehrfürchtiger Zärtlichkeit strich, allmählich immer dünner werden würde, und dass vielleicht schon in ein paar Jahren die Zeit mit ihrem grausamen Hohn die ersten Falten in diese holde Stirn graben würde ... All das* sollte *einem nicht gleichgültig sein, wenn einem Seele und Körper gleichviel bedeuten, wenn der Körper nicht einfach durch einen anderen eingetauscht werden kann ...*

Es war weit nach Mitternacht, als Silviu den Kindle beiseitelegte. Er kroch aus dem Bett, schlich auf leisen Sohlen zur Tür, hockte sich hin und wartete. Er wartete, obwohl er wusste, dass Tammon nicht kommen würde. Seit nunmehr einer ganzen Woche, genau genommen seit jener Nacht, als Silviu den *Professor* schluchzend und völlig aufgelöst im Garten ertappt hatte, hatte Tammon seine nächtlichen Besuche eingestellt. Silviu hatte jede Nacht vor der Tür gewartet, manchmal bis zum Morgengrauen, und mit Mühe gegen den Schlaf angekämpft, doch Tammon war nicht gekommen. Und er würde wohl auch in dieser Nacht nicht kommen. Doch irgendwas hielt Silviu davon ab, in sein weiches Bett zurückzukehren. Er kauerte weiterhin an der Tür und lauschte angestrengt in die Nacht hinein. Zweimal kamen Schritte näher und sein Herz begann wie wild gegen die Rippen zu pochen, doch dann hörte er, wie sich Türen öffneten und wieder schlossen, hernach tauchte alles wieder in nächtliche Stille.

Wieso kam Tammon nicht mehr? Was war passiert? Hatte er das Interesse an Silviu plötzlich verloren? Und wenn ja, warum? Oder – der Gedanke trieb Silviu kalten Schweiß auf die Stirn – wusste er vielleicht, dass Silviu ihn dort im Garten heimlich beobachtet hatte?

Endlich, es musste schon gegen fünf Uhr morgens sein, machte sich Silviu völlig erschöpft von seinem Lauschposten los, kroch zurück ins Bett und zog sich die Decke über den Kopf. Ferien in Venedig. Er hatte ein paar heitere, unbeschwerte Tage erwartet, und nun war sein Leben plötzlich völlig auf den Kopf gestellt. Er seufzte leise, schmiegte sich ins Kissen und fiel schon im nächsten Augenblick in einen tiefen, traumlosen Schlaf, aus dem er erst gegen Mittag erwachte.

ACHTES KAPITEL

Silvius sechzehnter Geburtstag war grau und windig. Über Nacht hatte der Wind gedreht, und als Luigi ihnen das Safranrisotto servierte, erwähnte er was von Scirocco und schlechter Luft.

Nach dem Lunch hielt sich Silviu ausnahmsweise nicht im Park auf, sondern kehrte gleich zurück auf sein Zimmer, um schon mal einen Großteil seiner Sachen zu packen. Morgen um 14:25 Uhr würden sie in den Flieger nach Bukarest steigen. Vorhin waren die Ergebnisse der PCR-Tests – allesamt negativ – für die Familien Bibescu und Haiduc eingetroffen. Der Rückreise stand also nichts mehr im Wege. Silviu wusste nicht so richtig, wie ihm dabei war, ob er sich darüber freute. Ein Teil von ihm wollte gehen, sehnte sich zurück nach dem alten, sorglosen Leben in der Geborgenheit der Bibescu-Villa mit all ihren Annehmlichkeiten. Doch ein anderer Teil von ihm – ein neues Ich, das in den letzten Wochen stetig gewachsen war, und vor dem er sich ein wenig fürchtete – wollte bleiben. Dieses neue Ich war so ziemlich das genaue Gegenteil des alten: Es war ungestüm und unberechenbar, es barg allerlei Sehnsüchte und Gelüste in sich, es war kühn und wollte sich kopfüber ins Abenteuer stürzen. Vor allem aber wollte es das Rätsel lösen, die Frage beantwortet haben, die ihm keine Ruhe mehr gab, die ihm jede Nacht den Schlaf raubte und ihn aufs Neue dazu bewog, sich an die Tür seines Hotelzimmers heranzuschleichen und zu warten ...

Diese Frage lautete: warum gerade er, Silviu? Tammon war schließlich ein berühmter Schriftsteller, ein Genie, der zweifellos jede Bekanntschaft anstreben konnte, die er wollte. Doch sein Künstlerauge war auf Silviu fixiert, einem unbedeutenden Jungen, den er nicht näher kannte, und von dem er nur ab und zu im Vorbeigehen einen Blick erhaschen konnte. Was sah Tammon in Silviu, was er in anderen nicht sah? Wenn Silviu Venedig morgen verlassen würde, würde er Tammon mit ziemlicher Sicherheit nie wiedersehen. Für Silviu wäre er dann so gut wie tot und begraben, und mit ihm das Geheimnis, das er mit sich trug.

Es gab nur einen Weg, dieses Geheimnis zu lüften, und der war, den *Professor* zur Rede zu stellen. Doch dafür fehlte Silviu schlichtweg der Mut. Silvius verwegenes, neues Ich hätte es gewiss schon längst getan. Es hätte zum Beispiel eines Abends nach dem Dinner die Gunst der Stunde genutzt, wäre an Tammon herangetreten, während dieser sich mit einer Zigarre und einem Glas Scotch auf der Terrasse aufhielt, und hätte ihn mit der Frage konfrontiert. Doch neben Silviu dem Kühnen gab es da noch Silviu den Zauderer – das schüchterne und wohlerzogene Ich – das, obzwar geschwächt, dennoch stark genug war, Silviu vor diesem Schritt zu bewahren.

Er hatte gehofft, dass ihm wenigstens Tammons Roman Aufschluss geben konnte, oder zumindest einen Hinweis, einen Schlüssel zur geheimnisvollen Welt, in der Tammon lebte und dachte. Doch Silviu hatte den

Roman letzte Nacht fertiggelesen, und das Rätsel war nicht nur nicht gelöst, es war sogar noch rätselhafter geworden. Viktor hatte in Rekordzeit seine Turangalîla-Symphonie geschrieben und zur Aufführung gebracht. Claudios Tod war also nicht umsonst gewesen. Ihm wurde ein unsterbliches Denkmal gesetzt und dadurch hatte Viktor die Schuld an seinem Tod gesühnt. Ganz ähnlich wie bei der Legende um den Meister Manole, hatte Claudio den Kitt geliefert, wodurch das unsterbliche Werk erst entstehen konnte. Doch dann, auf der letzten Seite des Buchs, wo doch schon alles praktisch abgeschlossen war, tauchte plötzlich eine neue Gestalt auf: ein junger Geiger namens Sebastian. Viktor blickte in ein neues, hübsches Gesicht *mit strahlend hellblauen Augen, die zu den dunklen, elegant geformten Augenbrauen einen interessanten Kontrast bildeten.* Es blieb zwar bei einer kurzen Unterhaltung doch – man konnte es nicht fassen! – Viktor lud Sebastian zu sich ein (*besuchen Sie mich doch mal bei Gelegenheit*), angeblich, um über Sebastians Musikstudium zu sprechen.

Beim Lesen dieses letzten Abschnittes war Silviu das Herz in die Hose gesunken. Was hatte es mit diesem Schnösel Sebastian auf sich? Welche Rolle würde er in Viktors späterem Leben noch spielen? Wo Viktor sein Leben doch nur noch dem Komponieren und dem Andenken seines geliebten Claudio widmen wollte? Alles blieb offen, nichts war gelöst, nichts beantwortet. Im Gegenteil: Das Auftreten dieser neuen Figur in allerletzter Sekunde hatte alles über den Haufen geworfen. Silviu hatte daraufhin seinen Kindle entnervt in den Koffer geschleudert, wo er jetzt inmitten eines Haufens gebrauchter Socken lag.

Das Buch hatte nicht die erhofften Antworten geliefert. Silviu würde Tammons Geheimnis nicht auf den
Grund gehen, die Antwort auf das *Warum-gerade-ich*
wohl niemals erfahren. Und vielleicht war es auch gut
so. Wie auch immer, morgen würde er jedenfalls wieder zu Hause sein und auf die vergangenen vier Wochen wie auf etwas Traumhaft-Entferntes, beinahe Irre-
ales zurückblicken können.

Silviu legte auch noch die restlichen Sachen in den
Koffer und klappte den Deckel zu. Diese Episode seines
Lebens wäre somit abgeschlossen. Blieb nur noch die
Geburtstagsparty am Nachmittag. Er hatte ihr, wenn
auch nur widerwillig, zugestimmt, jetzt musste er sie
wohl oder übel auch über sich ergehen lassen. Ob Dinu
wohl auftauchen würde?

*

»Herzlichen Glückwunsch zum Geburtstag«, trällerte
Gina und gab Silviu einen schmalzigen Kuss auf die
Wange.

Die kleine Party fand auf der Hotelterrasse bei Kaffee
und Kuchen statt. Luigi stellte mit feierlicher Miene
eine Torte mit sechzehn brennenden Kerzen auf den
Tisch und Silviu blieb nichts anderes übrig, als zu versuchen, sie alle in einem Atemzug auszublasen. Das gelang ihm auch beinahe, doch bei der allerletzten Kerze
ging ihm dann doch die Puste aus und er ärgerte sich
darüber, was seiner ohnehin etwas bedrückten Stimmung eins draufsetzte. Außer seiner Familie waren nur

noch Gina und Remus dabei. Dinu war nicht gekommen (»Der hat noch was zu erledigen«, hatte Gina beiläufig erwähnt), und Silviu versuchte, seine Enttäuschung darüber so gut wie möglich zu verbergen. Er ertappte sich dabei, wie er einen Seitenblick zum Eingang warf, wenn ein neuer Gast die Terrasse betrat.

Doch weder Dinu noch Hans Tammon (Letzterer pflegte seinen Tee um diese Uhrzeit ebenfalls auf der Terrasse zu trinken) ließen sich blicken. Dass auch Sandra nicht erschienen war, ließ Silviu hingegen kalt. Sie hatte sich seit dem Eklat am Strand überhaupt nicht mehr in der Öffentlichkeit blicken lassen. Angeblich verbrachte sie die meiste Zeit schmollend in ihrem Zimmer, nahm dort ihre Mahlzeiten ein und war für niemanden zu sprechen. »Spielt auf beleidigt, die parfümierte Ziege«, antwortete Gina auf Mutters vorsichtige Nachfrage, während sie sich ein großzügiges Stück Torte abschnitt und auf den Teller schaufelte. »Was hat sie sich nur dabei gedacht, sich mit so 'nem Schleimbeutel einzulassen? Ein Glück, dass ich rechtzeitig dazwischengekommen bin. Wer weiß, was sonst noch alles passiert wär, so dumm, wie sie ist ... So 'n halbitalienisches Balg als Enkelkind hätte mir gerade noch gefehlt ... Mein Gicu würde sich die Haare ausreißen ... die wenigen, die er noch hat ...«

Silviu begann seine Geschenke auszupacken, die sich auf einem separaten Tisch stapelten. Gina hatte ihm eine schmucke Sonnenbrille geschenkt. Von Irina und Isabella gab es je ein Buch (für Silviu keine große Überraschung) und von Mutter ein hellblaues, mitunter ins Weiße übergehende Langarm-Shirt aus der neuesten Kollektion von Hugo Boss, dazu weiße Jeans und ein bunter Gürtel. Ein tolles Geschenk, über das er sich bei Weitem am meisten freute.

»Ich kann es immer noch kaum glauben, dass wir morgen tatsächlich abreisen«, sagte Irina. »Endlich wieder im eigenen Bett schlafen ...«

»Warts ab, noch ist es nicht so weit«, entgegnete Isabella nüchtern. »Es kann noch immer in letzter Minute etwas dazwischenkommen, und dann –«

»Ach komm schon Mädchen, sei doch nicht so miesepetrig«, lachte Gina. »Ich wette zehn Ochsen darauf, dass wir morgen Abend allesamt schön gemütlich in unseren Häusern sitzen und nach langer Zeit mal wieder ein richtig gutes Abendessen genießen werden. Diese Quarantäne-Spaghetti in allen möglichen Variationen – *vongole, puttanesca, arrabesca* und wie sie schon alle heißen – hängen mir inzwischen schon beim Hals heraus.«

Silviu war gerade damit beschäftigt, das Objektiv seiner Kamera zu wechseln und Luigi Anleitungen für ein Gruppenfoto zu geben, als sich plötzlich jemand neben ihn stellte. Er hob den Blick und sein Herz machte einen Sprung. Dinu stand mit pinkfarbenen Ohren vor ihm, machte ein schrecklich verlegenes Gesicht und hielt Silviu ein in weißes Papier verpacktes Etwas entgegen.

»Ähm – alles Gute zum Geburtstag.«

Silviu musste zweimal schlucken, aber irgendwie blieben ihm die Worte im Hals stecken. Er nahm das Päckchen an sich, lockerte das Papier, und zum Vorschein kam eine rubinrote Kristallkugel. Zum zweiten Mal schlug ihm das Herz bis zum Hals. Der Kristall in seiner Hand funkelte wie ein kleines Universum, wie er das Licht zu abertausenden winzigen Lichtsternen streute. Silviu wurde beinahe davon geblendet.

»Wow – Dinu – das ist ja – das ist –«

»– ein Granatapfel aus Murano«, sagte Dinu schlicht. Er schien seine anfängliche Verlegenheit überwunden zu haben und ein verschmitztes Lächeln zuckte jetzt um seinen Mund. »Hat mir Ciro, der Lift Boy, gerade noch in letzter Minute besorgt ... Sein Onkel arbeitet in so 'ner Glasmanufaktur ... Dachte schon, das Ding kommt nicht mehr rechtzeitig an ... Bin den ganzen Vormittag wie auf Kohlen gesessen ...«

»Wow.« Silviu fehlten immer noch die Worte. Und dann, ohne auch nur einen Wimpernschlag lang zu überlegen, gab er Dinu einen Kuss auf die Wange, so nahe am Mund, dass sich ihre Lippen flüchtig berührten. Dinu, dessen Ohren jetzt dunkelrot leuchteten, breitete die Arme aus und drückte Silviu so fest an sich, dass diesem für einen Moment der Atem ausblieb. Er konnte den rasenden Herzschlag seines Freundes an seiner eigenen Brust spüren. Die Hitze, die Dinus Körper verströmte, und sein herb-männlicher Duft umhüllten und betörten Silviu. Er hätte eine Ewigkeit in dieser Umarmung verharren können. In diesem Moment war ihm völlig egal, was die anderen dachten ...

Die Zeit schien stillzustehen, und nahm erst wieder ihren Lauf, als Ginas satter Alt den Zauber durchbrach: »Na, was ist, machen wir endlich das Gruppenfoto, oder wollt ihr noch bis Mitternacht da rumhängen?«

Silvius Stimmung veränderte sich schlagartig. Plötzlich hatte er einen Riesenappetit auf Torte. Dinu schien es ebenso zu ergehen. Sie aßen und tranken, scherzten und lachten und hatten nur Augen füreinander. Die Zeit verging wie im Flug.

Es war bereits gegen sechs, als eine plötzlich auftretende Windböe Ginas Federhut vom Kopf riss. Schwarze und purpurne Wolken türmten sich über dem Hotel. In der Ferne grollte ein Donner.

»Oje, ich glaub, da zieht ein Gewitter auf«, sagte Mutter und warf einen besorgten Blick gen Himmel, der sich so plötzlich verdunkelte, als hätte die Nacht beschlossen, früher hereinzubrechen. Eine zweite Böe, noch heftiger als die erste, fegte beinahe das Tablett mit den Resten der Torte vom Tisch. Luigi und ein weiterer Kellner kamen herbeigeeilt, um aufzuräumen. Die Party war beendet, sie mussten aufbrechen. Irina half Silviu mit den Geschenken und alle machten sich eilig auf den Weg in ihre Zimmer.

*

Silviu hatte die neuen Kleider im Koffer verstaut und den kristallenen Granatapfel vorsichtig auf den Nachttisch gestellt. Doch irgendwas fehlte noch – die Kamera! Verdammt. In der Hektik hatte er sie vergessen. Er eilte über den Flur zum Aufzug, zappelte auf dem Weg nach unten und hastete durch die Halle, kaum dass sich die Türen öffneten. Als er endlich die Terrasse betrat, fielen bereits die ersten Regentropfen. Die Kamera lag da, wo er sie zurückgelassen hatte. Rasch verstaute er sie in die Tasche und steuerte auf den Eingang zu, da kam ihm unversehens ein Gedanke. Das Grand Hotel des Bains in seiner alten Ehrwürdigkeit, grauweiß vor dem violett-schwarzen, von bedrohlichen Sturmwolken zerrissenen Himmel – das wär doch ein schönes Motiv!

Silviu machte auf dem Absatz kehrt und stieg hinunter in den Vorgarten. Eine Windböe wirbelte ihm Staub ins Gesicht, ein Donner rollte über seinem Kopf. Es war nur noch eine Frage von wenigen Minuten, bis das Gewitter losging. Schnell griff er sich die Kamera, schraubte das Teleobjektiv an und spähte durch den Sucher. Da war die riesige Uhr, gleich unterm flachen Dach ... klick ... klick ... vielleicht sollte er noch etwas näher heranzoomen ... klick ... die Blende etwas weiter aufmachen ... klick ...

Gerade wollte er den Auslöser erneut drücken, da hielt er plötzlich inne. Direkt über der Uhr war etwas Dunkles, nicht mehr als ein Schatten, aber eindeutig etwas, das dort nicht hingehörte. Gänsehaut kroch Silviu über die Arme, seine Nackenhaare sträubten sich. Fette Regentropfen klatschten ihm ins Gesicht. Seine Finger drehten weiter am Zoom. Das war nicht bloß ein Schatten – das waren die Umrisse einer menschlichen Gestalt! Hoch oben auf der Brüstung über der Uhr stand ein Mann und starrte in die Tiefe. Mit zitternden Händen stellte Silviu den Zoom auf Maximum – jetzt konnte er endlich ein Gesicht erkennen – und sein Herz setzte für einen Augenblick aus.

Für ein paar Atemzüge hörte Silvius Gehirn auf zu denken. Dann warf er die Kamera in den Rasen und sprintete los. Der Weg nach oben erschien ihm wie ein verschwommener Film im Zeitraffer. Da war Andrea, der Concierge, in der Lobby, der ihm etwas zurief ... Lady Maldorough, die gerade aus dem Aufzug trat, die beiden walisischen Corgis an der Leine ... und der Lift Boy Ciro, mit weit aufgerissenen Augen. Plötzlich stand Silviu oben auf dem Dach. Blitze jagten über den Himmel und der Wind pfiff ihm um die Ohren. Seine Sinne waren mit einem Mal scharf wie Messerklingen. Vorsichtig näherte er sich dem Mann, an dem das Wetter zerrte und riss.

Hans Tammon sah ihn nicht kommen. Er stand auf der Brüstung über der Uhr, eingefroren wie eine Statue, das Gesicht dem gähnenden Abgrund zugewandt. Es war dieselbe Stelle, an der auch Dinu vor gut drei Wochen mit der Champagnerflasche in der Hand das Schicksal herausgefordert hatte.

Und dann, Silviu war nur noch wenige Meter von ihm entfernt, machte Tammon eine Bewegung, als wollte er abheben.

»Nein!!!«

Tammon wirbelte herum und blieb bei Silvius Anblick wie angewurzelt stehen. Sein Gesicht war aschgrau und das durchnässte Haar fiel ihm in wirren Strähnen ins Gesicht. Darunter brannten fiebrige Augen. Er streckte eine Hand aus und sagte: »You!« Und dann noch einmal: »You!« Als wollte er sich vergewissern, dass er richtig sah.

»Bitte Sir, tun Sie's nicht!«

Silviu rückte einen Schritt näher an Tammon heran.

»Kommen Sie da runter, bitte!«

Der *Professor* starrte ihn an und bewegte sich nicht vom Fleck.

»Bitte, Sir – bitte!«

Ein wild verästelter Blitz zuckte über den Himmel, dem auf der Stelle ein Donnerschlag folgte.

Mit einem Mal verzog sich Tammons Mund zu so etwas wie einem spöttischen Grinsen. »Du bist gekommen, mich zu retten? Gerade du?« Sein Kinn begann zu zittern. »Warum willst du mich davon abhalten, das zu tun, was ich schon längst hätte tun müssen? Als würde es einen Unterschied machen, ob ich nun wirklich tot bin, oder nur ein lebender Toter, wie bis vor Kurzem.«

»Das – das macht einen Riesenunterschied, Sir ... Sie müssen leben, um ihr Werk zu vollenden und –«

»Hahaha.« Tammons freudloses Lachen ließ Silviu erschaudern. »Leere Worte. Was weißt du schon von meinem Werk? Mein Leben ist völlig nutzlos geworden. Ich verbrauche nur unnötig Sauerstoff. Alles an mir bereitet mir nur noch Ekel. Es widert mich an, ich selbst zu sein.« Er verzog das Gesicht zu einer Grimasse. »Niemand kann mich mehr aufhalten ... selbst du nicht ...«

Silvius Herz hämmerte schmerzhaft gegen den Brustkorb. »Nein, sagen Sie das nicht. Ich weiß, wer Sie sind – ich ... ich hab's gelesen, Sir ... Ihr Buch ... ›Turangalîla‹.«

»Was?« Ein Ausdruck tiefer Verwunderung flammte in Tammons eingesunkenen Augen auf.

»Dieses Wort – ist doch der Schlüssel, oder?«

Eine kurze Pause trat ein. Die beiden starrten sich an, während der Regen auf sie herniederprasselte. Dann verengten sich Tammons Augen. »Kluger Schachzug. Du willst mich ablenken.«

»Nein, sagen Sie es mir – was bedeutet dieses Wort?«

»Es – ist aus dem Sanskrit – seine Bedeutung ist komplex ...« Hans Tammon schüttelte ungläubig den Kopf. »Du – du weißt also, wer ich bin?«

»Ja«, sagte Silviu hastig. »Ich weiß alles über Sie ... ich weiß, dass Sie mir nachstellen ... ich weiß, dass Sie bis vor Kurzem jede Nacht zu meiner Tür gekommen sind, denn ich war wach und hab gewartet, dass Sie kommen ...« Tammon riss die Augen auf und Silviu fügte schnell hinzu: »Aber das ist okay ..., ich ... ich bin Ihnen deshalb nicht böse ...«

Tammon machte eine müde Handbewegung. »N – nein, du verstehst nicht –«

»Doch, ich versteh sehr wohl. Sie müssen schreiben, hören Sie, Sie müssen eine Fortsetzung schreiben ...«

»Für wen denn? Die Welt hat mich längst vergessen ...«

»Das ist nicht wahr – und selbst wenn ... Schreiben Sie – egal für wen ... für mich, meinetwegen – aber schreiben Sie. Sie müssen!« Silvius Wangen brannten, als hätte er plötzlich Fieber. »Ich weiß, dass Claudio nicht tot ist.«

Ein Beben ging durch Tammons Körper. »Was – was redest du denn da?«

»Er ist nicht wirklich tot, er hat sich nicht umgebracht. Er hat alles nur vorgetäuscht, stimmt's? Es war nicht Viktor, der ihn gefunden hat, und Viktor war auch nicht bei seiner Beerdigung. Er konnte nicht wissen, dass –«

»Aber das ist doch Unsinn. Claudio ist tot und die Geschichte ist abgeschlossen. Da gibt es nichts mehr zu sagen.« Tammon schwankte bedrohlich auf der klitschnassen Brüstung. Ein falscher Schritt und –

Panik überschwemmte Silviu wie eine eiskalte Welle. »Nein, Sir. Claudio ist nicht tot, er kann es gar nicht sein. Das macht doch gar keinen Sinn. Kevin ist tot – aber Claudio nicht, Claudio lebt!«

Tammon zuckte zusammen, als hätte er einen Stromschlag bekommen. »Wie – wie meinst du das?«

»Die Kunst holt sich ihre Nahrung aus der Wirklichkeit, nicht umgekehrt, oder?« In Silvius Hirn überschlugen sich die Gedanken. Wenn doch bloß Irina jetzt bei ihm wäre. »Sie haben ›Turangalîla‹ geschrieben, noch bevor Kevin in Ihr Leben getreten ist, stimmt's? Und Kevin hat sich umgebracht, genauso wie Claudio es angeblich getan hat. Aber Sie können die Wirklichkeit in Ihrem Werk nicht vorwegnehmen, das geht doch gar nicht ...« Silviu schnappte nach Luft. »Und deshalb hatten Sie gar nicht erst vor, Claudio sterben zu lassen ...«

»Du – du redest Unfug, Junge ... und die Zeit läuft ...« Tammon wandte Silviu wieder den Rücken zu. »*Tempus fugit* ...« Er breitete langsam die Arme aus, als wären sie Flügeln ...

Das Herz trommelte Silviu gegen die Rippen. »Wenn Ihnen Kevin wirklich etwas bedeutet hat, wenn Sie ihn wirklich geliebt haben, dann müssen Sie Claudio wieder zum Leben erwecken! Sonst ist Kevin umsonst gestorben, sonst war sein Opfer Ihrer nicht Wert.«

»Schweig!« Tammons Stimme donnerte durch den peitschenden Regen. »Wie kannst du es wagen? Du weißt nichts von Kevin, nichts! Du trägst zwar seine Züge – dieselben Augen ... dasselbe Lächeln –, aber in deiner Brust schlägt nicht sein Herz!« Seine Hände ballten sich zu Fäusten. »Warum bist du hier? Warum bist du mir erschienen, in seiner Gestalt, und hast meine alte Wunde aufgerissen?« Er legte den Kopf in den Nacken und brüllte in den schwarzen Himmel hinaus. »Nein, ich kann das nicht noch einmal durchmachen, verstehst du? Ein Mal ist genug, genug! Ich kann es einfach nicht mehr länger ertragen ... das kann kein Mensch ... Lass mich endlich gehen!«

Die Arme immer noch von sich gestreckt, wandte ihm Tammon erneut den Rücken zu und machte einen kleinen Schritt nach vorn, sodass nur noch seine Absätze die Mauer berührten. Er würde jeden Augenblick springen – ja, er würde es tun, Silviu hatte keinen Zweifel daran. Und dann wäre alles vorbei. Einen Sprung aus dieser Höhe würde Tammon gewiss nicht überleben.

In Silvius Kopf dröhnte es, während ihm der Regen ins Gesicht peitschte. Er musste handeln, jetzt, sofort. Ein weiteres Zögern – und Tammon würde tot sein. Er machte einen Satz nach vorne – und sprang neben Tammon auf die Brüstung. Fest packte er seine Hand.

Nun tat sich der schwindelnde Abgrund auch vor Silvius Augen auf. Seine Knie wurden ganz wabbelig und begannen zu zittern, wie nach einem Wettlauf über eine Meile im Sportunterricht. Seine Eingeweide verknäuelten sich zu einem schmerzhaften Knoten, alles um ihn herum begann sich zu drehen.

Doch er ließ Tammon nicht los.

»Was – was soll das?« Tammons Atemzüge rasselten.

Silviu kniff die Augen zu. Nicht hinunterschauen, bloß nicht hinunterschauen. »Wenn Sie springen, dann reißen Sie mich mit in den Tod. Wollen Sie das wirklich?«

»Lass mich los!« Tammon versuchte, Silvius Hand abzuschütteln.

»Nein!« Silvius Finger verkrampften sich noch fester um Tammons Hand. »Keine Chance. Ich werde Sie nicht loslassen. Entweder bleiben wir beide am Leben oder wir werden beide sterben.«

Eine schreckliche Minute verging. Silviu zitterte am ganzen Körper und der Schwindel schnürte ihm die Kehle zu – doch er hatte Tammon fest im Griff. Und er würde ihn nicht loslassen – egal, was passierte.

Schließlich floss die Anspannung aus Tammons Körper. Seine Finger in Silvius Hand erschlafften, als würde plötzlich alle Kraft aus dem Mann schwinden. Silviu schlug die Augen auf. Vorsichtig machte er einen Schritt zurück – Tammon folgte ihm –, und gemeinsam stiegen sie von der Brüstung hinab. Endlich standen sie auf dem sicheren Boden der Dachterrasse. Silvius Hand war immer noch mit Tammons verschlungen. Der Regen goss auf ihre Köpfe und immer neue Donner rollten über sie hinweg.

Für ein paar Sekunden, die Silviu vorkamen wie eine Ewigkeit, starrten sie sich schweigend an. Dann trat Silviu einen Schritt auf Tammon zu und gab seine Hand frei. Sie standen einander gegenüber, kaum eine Handbreite trennte sie voneinander. In den glasigen Augen des Professors loderte ein dunkles Feuer, wie Silviu es schon öfter an ihm bemerkt hatte, doch diesmal schien es Tammon buchstäblich von innen zu verzehren. Mit zitternden Fingern berührte er Silvius Haare, sein Gesicht, seinen Mund. Er beugte sich zu Silviu herab, bis sich beinahe ihre Lippen berührten. Silviu schloss die Augen ...

... und schlug sie im nächsten Moment wieder auf. Irgendetwas war passiert. Tammon taumelte zurück, wie von einer unsichtbaren Kraft weggezogen, die blutunterlaufenen Augen weit aufgerissen, als hätte er ein Gespenst gesehen. Dann schlug er sich die Hände vors Gesicht und rief mit einer Stimme, die nicht von dieser Welt schien: »Oh, mein Gott! Mein Gott!«

Ohne sich noch einmal umzusehen, stürzte er davon und ließ Silviu, der wie eine Pappel im Wind zitterte, allein im flutenden Regen zurück.

Neuntes Kapitel

Silviu lag im Bett, eingehüllt in seinen Bademantel, und starrte zur Decke hoch. Hin und wieder durchfuhr ihn ein Schauer. Draußen heulte der Wind und der Regen hämmerte gegen die Fensterscheibe.

Er konnte immer noch nicht fassen, was er gerade getan hatte. Er wollte auch gar nicht darüber nachdenken. Sein Gehirn fühlte sich eigenartig leer an. Es schien fast, als verwehrte es jeder Art von Gedanken in Zusammenhang mit Hans Tammon den Zutritt. Dafür hatte sich ein ganz anderes Gefühl in Silvius Herz geschlichen, sobald er zurück in sein Zimmer gekommen war, sich abgetrocknet und ins Bett gelegt hatte. Ein heftiges, brennendes Begehren überrollte ihn seitdem wie eine Welle und war mittlerweile so stark, dass es alle anderen Gedanken und Gefühle verdrängte. Ohne zu überlegen, griff Silviu zu seinem Smartphone, öffnete den Messenger und tippte: *Kannst du zu mir kommen? Jetzt? Bitte!*

Es dauerte nicht einmal fünf Minuten, bis es klopfte. Silviu sprang auf, war mit einem Satz an der Tür, riss sie auf und starrte in Dinus völlig überraschtes Gesicht.

»Silviu, was ist denn los?« Dinu trat ein und schloss hinter sich die Tür. »Du zitterst ja! Und du machst ein Gesicht, als ob du gerade einem Geist begegnet wärst.«

»Mir ... geht's ... gut«, stammelte Silviu und blickte zu Boden.

»Nein, dir geht's überhaupt nicht gut. Was ist passiert?« Dinu legte ihm die Hände auf die Schultern und versuchte, seinen Blick zu erhaschen.

Und dann explodierte etwas in Silviu. Er schlang die Arme um Dinus Hals und presste die Lippen auf seinen Mund. Es geschah so unversehens, dass Dinu offenbar ein paar Sekunden brauchte, bis er realisierte, was da vor sich ging. Nach einem Moment der Reglosigkeit begann er, den Kuss zu erwidern. Anfangs nur zögernd, dann immer forscher und hungriger. Ihre Zungen fanden einander, umspielten sich, erforschten des anderen Mundhöhle. Eng umschlungen fielen sie aufs Bett, küssten sich wild und hemmungslos, konnten nicht genug davon kriegen. Dinu löste sanft den Knoten von Silvius Bademantel, und Silviu lag splitternackt in den Armen seines Freundes. Mit fahrigen Bewegungen riss sich Dinu die Kleider vom Leib und schloss seinen Geliebten wieder in die Arme. Einer tiefen Lust folgend schlang Silviu die Beine um Dinus Hüften und zog ihn fest an sich heran, bis ihre Glieder aneinander rieben. Ein Schauer nach dem anderen lief Silviu über den Rücken und er wusste nicht mehr, ob ihm heiß oder kalt war.

Dinu, der jetzt beinahe so heftig zitterte wie Silviu vorhin, hielt einen Moment lang still und schaute Silviu in die Augen. »Hast du's schon mal getan?«

Silviu schüttelte den Kopf. »Nein – du?«

»Auch nicht.« Dinu zwinkerte ihm zu. »Aber uns wird schon was einfallen.«

Sie kicherten und Silviu gab Dinu einen langen Kuss auf den Mund. Dabei drückte er seine Lenden noch fester an ihn.

Ehe Silviu wusste, wie ihm geschah, bedeckte ihn sein Freund mit einem warmen Regen von Küssen. Die Zeit stand mit einem Mal still und Silviu hatte das Gefühl, als würde er schmelzen, bis sich alles Stoffliche in ihm auflöste, und er nur noch klares Wasser war. Bereit, in seinen Liebhaber überzugehen, der ebenso flüssig zu werden schien, sich Molekül für Molekül mit ihm zu vermengen, bis aus Zweien Einer wurde und es keinen Unterschied mehr gab zwischen Ich, Du und Wir.

Der Wind rüttelte am Fenster und in der Ferne ächzten Bäume – doch all das spielte jetzt keine Rolle. Das Einzige, was sich in Silvius Gehirn (oder was davon übrig geblieben war) noch zusammenreimte, waren Bruchstücke von Gedichten – Verse von Octavio Paz, irgendwann aufgeschnappt und eigentlich längst vergessen, die jetzt aus den Tiefen seines Unterbewusstseins hochkamen und alles andere wegspülten ...

Ich falle in dich mit dem blinden Fall der Welle, dein Körper trägt mich wie die Welle, die sich aufs Neue erhebt ...

Zwei Körper Aug' in Auge sind manchmal zwei Wellen und die Nacht ist ein Ozean ...

Und ich werde leichter als Wasser ... leichter als Luft ...

Nacht und Wasser sind ein Leib ...

*

Silviu schlug die Augen auf. Das Gewitter hatte sich verzogen und der kristallene Granatapfel auf dem Nachttisch funkelte im dünnen Strahl des Mondes.

Sie lagen nackt im Bett, eng umschlungen, waren ein einziger Körper, in dem zwei Herzen schlugen. Silviu fühlte sich leicht wie eine Feder, als schwebte er in einer Raumkapsel, wo es keine Schwerkraft gab. Überhaupt war alles unglaublich leicht geworden: seine Gliedmaßen, seine Gedanken, seine Gefühle ... Das Virus, die Epidemie, Hans Tammon – alles schien in weite Ferne gerückt und war so irreal wie ein Albtraum. Was im gegenwärtigen Augenblick zählte, waren nur noch sie beide, er und Dinu. Weder für den *Professor* noch für sonst jemanden gab es Platz in diesem Hier und Jetzt.

Dinus Atemzüge gingen tief und regelmäßig, wie bei jemandem, der fest schlief. Wie warm sein Körper war, wie geschmeidig er sich anfühlte, wie er duftete ... Silvius Finger glitten über die samtige Haut seines Freundes, umspielten seine Ohrmuschel, den Hals, das Schlüsselbein, die Brustwarzen, den Bauchnabel ... Begehren stieg wie heiße Lava in ihm auf, noch heftiger als zuvor. Sanft rüttelte er an Dinus Schulter.

»Dinu, Dinu!«

Es dauerte eine Weile, bis Dinu aus dem Schlaf hochfuhr. »Was – muss ich schon los?«

Silviu strich ihm die Haare aus den Augen und gab ihm einen Kuss auf die Schläfe. »Nein – nein, keine Sorge, es ist noch lange nicht so weit. Ich wollte nur ... wollte ...«

Dinu reckte sich und stieß einen Seufzer der Erleichterung aus. Dann umschlang er Silviu mit beiden Armen und zog ihn an sich heran. Nun war es Silviu, der seinen Freund vom Scheitel bis zu den Zehen mit Küssen übersäte. Es dauerte nicht lange und eine neue Welle der Lust überrollte sie beide und riss sie mit sich fort ...

Sie liebten sich, als ob es kein Morgen gäbe. Der Gesang der Nachtigall, der Ruf der Lerche, sie hatten keinen Sinn dafür, ihre Zeit schien in einer Kapsel gefangen, fern der Realität. Die Nacht schien sich ins Unendliche auszudehnen. Silvius ganzes Leben, das vergangene und das zukünftige, hatte sich auf magische Weise zu einem einzigen Augenblick verdichtet – und dieser Augenblick wollte nicht enden, er wuchs und wuchs, bis er schließlich zur Ewigkeit wurde ...

*

Es war kurz nach halb zehn, als sich Silviu mit einem knappen »Bonjour« zum Frühstückstisch setzte. Wie immer befanden sich die Schwestern gerade in ein Gespräch vertieft und schenkten ihm keine Beachtung.

»... es ist doch erstaunlich, dass es im ganzen Hotel nur einen einzigen positiven Fall gibt«, sagte Isabella. »Wo doch anscheinend die Kontagiosität ziemlich hoch ist und –«

»Gut geschlafen, chéri?«, fragte Mutter und sah Silviu aufmerksam an. »Du kommst mir etwas blass vor heute Morgen.«

Silviu wich ihrem Blick aus und unterdrückte ein Gähnen. »Mir geht's gut.«

»... hab soeben erfahren, dass sich sein Zustand über Nacht plötzlich verschlechtert hat. Hohes Fieber und Atemnot, die üblichen Symptome bei einem schweren Verlauf der Infektion. Angeblich wurde er schon frühmorgens ins Ospedale gebracht. Jetzt liegt er wahrscheinlich auf der Intensivstation, intubiert und im künstlichen Tiefschlaf.«

Silviu nippte an seinem Milchkaffee. Ob er Dinu vor der Abreise noch einmal treffen würde? Kaum eine Stunde war vergangen, dass sich Dinu über die Dienstbotentreppe zurück in sein Zimmer geschlichen hatte, doch Silviu kam es vor, als wären sie schon seit einer halben Ewigkeit getrennt. Jede Minute ohne Dinu schien ihm jetzt leer und öde wie eine Wüstenlandschaft.

»Ein Glück, dass er Alleinreisender war«, sagte Isabella. »Hat wohl kaum engeren Kontakt mit anderen Gästen gehabt ...«

»Armer Mann«, sagte Mutter. »Kennen wir ihn näher?«

»Nur vom Sehen. Ich glaub, es handelt sich um den Herrn, der nachmittags immer den Tee auf der Terrasse genommen und so eine alte Schreibmappe bei sich getragen hat. Selbst am Strand hab ich ihn niemals ohne seinen Notizblock gesehen und –«

Silviu tat so, als lauschte er Isabellas Worten, aber seine Gedanken waren ganz woanders. Wie würde es mit ihm und Dinu weitergehen, wenn sie wieder daheim waren? Schließlich wohnten sie nicht in derselben Stadt. Mehr als zweihundert Kilometer trennten Bukarest von Brăila. Wie oft würden sie sich an den Wochenenden gegenseitig besuchen können, ohne das Misstrauen der Familien zu wecken? Gina kam zwar alle paar Monate mal auf Besuch in die Bibescu-Villa, doch Mutter machte nur sehr selten einen Abstecher in die Stadt an der Donau. Insgesamt waren es vielleicht drei, viermal im Jahr, dass man sich traf. Wie sollte er es so lange ohne Dinu aushalten?

»Ja, genau«, sagte Irina. »Der immer so ernst dreingeblickt hat. Ich hab mir schon gedacht, der muss irgendein Gelehrter sein ...«

»Da liegst du nahezu richtig. Tatsächlich hat mir der Concierge vorhin gesagt, dass der Mann Schriftsteller sei, aus Österreich. Tammond oder so ähnlich. Anscheinend ziemlich bekannt. Hast du schon mal was von ihm gehört?«

Silvius Eingeweide gefroren. Ihm war, als hätte ihn jemand mitten im Winter in die eisige Dâmboviţa gestoßen. Der Schreck stand ihm wohl auch ins Gesicht geschrieben, denn drei Augenpaare richteten sich gleichzeitig auf ihn.

Mutter legte ihm eine Hand auf die Schulter. »Ist was, chéri? Du machst ja ein Gesicht, als ob du –«

Silviu schüttelte energisch den Kopf. »Nein – es ist nur«, er schaute zu Isabella hinüber, »dieser Mann – wird er überleben?«

»Das kann zurzeit niemand sagen.« Isabella legte die Stirn in Falten. »Die Ärzte haben praktisch keine Erfahrung mit der Erkrankung, müssen selbst noch lernen, welche Behandlungsmöglichkeiten am Effizientesten sind. Angeblich hilft die Vergabe von Dexamethason ... Der Patient stirbt ja in den meisten Fällen an Hyperzytokinämie, also der überschießenden Reaktion seines

Immunsystems auf das Virus ... Der *Gazzettino* schreibt, dass zurzeit ungefähr die Hälfte aller Patienten, die auf die Intensivstation müssen, diese nicht mehr lebend verlassen ...«

»Du brauchst keine Angst zu haben, Silviu«, sagte Mutter. »Wir haben mit diesem Mann niemals gesprochen oder irgendwie näheren Kontakt gehabt –«

»– und sein Tisch war genau auf der gegenüberliegenden Seite von unserem«, ergänzte Isabella. »Das Virus verbreitet sich zwar über Tröpfcheninfektion, aber es ist sehr unwahrscheinlich, dass –«

»Es ist mir schnuppe, ob ich mich angesteckt hab oder nicht«, fauchte Silviu und spürte, wie ihm das Blut ins Gesicht schoss. Die drei Augenpaare fraßen sich jetzt buchstäblich in sein Gesicht. »Ich wollte bloß wissen, ob –«

In dem Moment trat ein Page an ihn heran. »Ein Brief für Sie, Sir.«

Silviu sah ihn ungläubig an. »Für – mich?«

»Signor Silviu Bibescu«, sagte der Junge und hielt ihm den Umschlag hin. »Das sind Sie doch, oder?«

Zögerlich nahm Silviu den Umschlag entgegen. Tatsächlich stand da sein Name drauf, korrekt und in etwas verschnörkelter, aber gut leserlicher Handschrift mit schwarzer Tinte geschrieben. Der Brief hatte keinen Absender, doch Silviu wusste sofort, von wem er war. Gänsehaut kroch ihm den Nacken empor. Er starrte das Kuvert einen Moment lang an, dann legte er es ungeöffnet beiseite.

Irina beugte sich neugierig zu ihm herüber. »Ein Brief? Von wem denn?«

»Von – Dinu«, sagte Silviu und versuchte, möglichst lässig zu klingen.

Irina stieß ein Glucksen aus. »Was – ihr schreibt euch *Briefe*?«

Bevor Silviu etwas darauf antworten konnte, trat eine massige Gestalt an ihren Tisch heran. Es war Gina, gestützt auf ihren Spazierstock, den sie neulich immer mit sich trug, selbst bei den Mahlzeiten. Sie strahlte übers ganze Gesicht.

»Na, ihr Lieben, wie steht's bei Euch?«

»Bonjour, Gina.« Mutter machte eine einladende Geste. »Magst du noch einen Kaffee mit uns trinken?«

»Ha, schön wär's«, sagte Gina aufgeräumt. »Leider muss ich unverzüglich hinauf, die Koffer packen und nach meinen Bälgern schauen. Konnte Dinu, diese Schlafmütze, heut Morgen unmöglich aus dem Bett kriegen. Hat mich mit schlaftrunkenen Augen angeglotzt wie ein Lamm vor der Schlachtung. Als ob er die ganze Nacht Gewichte gestemmt hätte oder so ...« Ihre Schweinsäuglein huschten hin und her und blieben schließlich an Silviu hängen, der nur mit allergrößter Mühe ihrem Blick standhalten konnte. »Du siehst aber auch nicht gerade frisch aus, Jüngelchen. Was sollen diese Ringe unter deinen hübschen Augen?«

Silvius Mund fühlte sich plötzlich sehr trocken an. »Ähm – hab schlecht geschlafen – Migräne ...« Er tippte sich mit den Fingern an die linke Schläfe.

»In deinem Alter?« Gina verdrehte die Augen. »Ariana, du solltest ihn mal zur Abwechslung auf den Bauernhof meines Schwagers in Scornicești schicken. Ein wenig körperliche Arbeit würde ihm sicher nicht schaden. Ich garantiere dir, der fällt abends wie ein Sack

Kartoffeln ins Bett und hat gar keine Zeit mehr, an Migräne oder andere Mätzchen zu denken.«

Die Schwestern begannen zu kichern und auch Mutter lächelte, gab aber keine Antwort.

»Übrigens hab ich soeben mit Gicu telefoniert. Er erwartet uns heute Abend mit einer Schweinebauchsuppe, von ihm höchstpersönlich zubereitet. »Gina schmatzte genüsslich mit ihren blutroten Lippen. »Scharf und mit extra viel Knoblauch, so wie ich es mag. Hab ihm gesagt, er soll auch gleich ein paar Flaschen Murfatlar aus dem Keller holen. Nach so langer Zeit werden wir heute Abend so richtig lumpen in Bräila ...« Sie schnippte mit den Fingern und klatschte in die Hände. »Also Kinder, ich muss los. Wir sehen uns dann am Flughafen.«

Mit ihrem üppigen Alt stimmte sie ein rumänisches Volkslied an und watschelte hüftschwingend davon. *»Frunză verde cucuruză ... M-o muşcat badea de buză ...«*

Vom Nebentisch kam ein Räuspern. Lady Maldorough saß aufrecht in ihrem Stuhl, die Oberlippe steifer denn je, und schaute Gina mit einem Ausdruck unverhohlener Abscheu nach. »This woman is a nightmare. Now she even has the boldness to sing at breakfast!«

*

Gesegnet oder verflucht: Wie soll ich den Augenblick nennen, in dem Du mir die Hand reichtest und mich vor dem Abgrund bewahrtest – Du ahnungsloses Werkzeug einer höhnischen Gottheit?!

Wer bist Du? Ein Engel? Ein Dämon? Deine Haut schimmert so mondhell, Dein goldenes Haar scheint zu wehen, selbst wenn es windstill ist. Du kannst nicht von dieser Welt, nicht aus dem launischen Spiel der Natur mit Materie, Form und Farben entsprungen sein. Vielmehr magst Du, auf einer Muschel gleitend, direkt aus den Tiefen von Himmel und Meer den Elementen entstiegen sein – Du Meerschaumgeborener!

Silviu stand am Ufer und schaukelte sich auf den Fußballen, während hin und wieder kleine Wellen anliefen und seine Zehen badeten. Der Himmel hatte sich nach dem Sturm von letzter Nacht noch nicht gänzlich geklärt und es wehte eine stramme Brise, die das Meer zu weißen Schaumkronen aufpeitschte.

Silvius Augen starrten wie gebannt auf die Zeilen, die Tammon in seiner barocken Handschrift zu Papier gebracht hatte. Er konnte immer noch nicht fassen, was er da gerade las. War tatsächlich er, Silviu, damit gemeint? Für einen Moment war er geneigt, sich fest in den Oberschenkel zu kneifen, um sich zu vergewissern, dass er immer noch ein Wesen aus Fleisch und Blut war ...

Oje, das war kein guter Anfang. Ich gleite ins Poetische ab, anstatt Dir einfach nur mein Herz zu öffnen ... Ich mache schon wieder Wortpinselei, das war ganz und gar nicht meine Absicht. Aber es ist beinahe unmöglich, mit Deinem Bild vor Augen nüchtern und sachlich zu bleiben, da Du ja selbst nichts anderes bist als pure Poesie ... Nun, ich werde es trotzdem versuchen, denn jetzt gilt es vor allem, klare Worte zu finden.

Also dann, auf ein Neues:

Lieber Silviu, was auch immer auf uns zukommen mag, eines steht fest: Wir werden uns niemals wiederse-

hen. Aber nach allem, was geschehen ist, nach allem, was ich Dir zugemutet habe, kann ich Dich nicht einfach so gehen lassen. Du hast wahrscheinlich viele Fragen und es wäre feige und schändlich von mir, Dir nicht wenigstens einige davon zu beantworten.

Ja, ich habe Kevin geliebt und ja, ich bin schuld an seinem Tod – zumindest bis zu einem gewissen Punkt. Zwar habe ich ihm nicht eigenhändig die Schlinge um den Hals gelegt, aber darauf kommt es nicht an. Fakt ist, wenn es mich nicht gäbe und vor allem nicht meinen Roman, wäre Kevin heute wahrscheinlich noch am Leben. Du lagst mit deiner Vermutung völlig richtig: Es kann und darf nicht sein, dass die Natur die Kunst imitiert. Die Tatsache nämlich, dass die Realität die Vorlage für die Fiktion liefert und nicht umgekehrt, scheint so unumstößlich wie das Gesetz der Schwerkraft. Auch ich war lange davon überzeugt – bis Kevin in mein Leben trat und meine große Schwäche für das jungmännlich Schöne weckte. Ja, Kevin war ein bestechend hübscher Junge, du hättest bloß seine Augen sehen sollen. Sie waren so wechselhaft wie die Farbe des Meeres hier am Lido. Jedes Mal hatten sie eine andere Facette, niemals waren sie gleich: Einmal leuchteten sie Vergissmeinnichtblau, ein andermal türkis und dann wieder grün wie Malachit. Und manchmal schimmerten sie sogar grau wie der Himmel in der Abenddämmerung. Aber ich laufe wieder Gefahr, ins Poetische abzuschweifen ...

Mit diesen magischen Augen hatte er mich jedenfalls angesehen, als er zum ersten Mal in meine Klasse trat – und sein Blick fesselte mich und ließ mich seitdem nicht mehr los. Er verfolgte mich bis in meine Träume ... Und schon bald begann auch Kevin selbst, mich zu verfolgen.

Er hatte »Turangalîla« gelesen, er kannte den Roman fast auswendig, er war zu seiner Obsession geworden. Natürlich war er sich binnen kürzester Zeit im Klaren darüber, dass mein Interesse für ihn über ein normales Lehrer-Schüler-Verhältnis hinausging, und er konnte gut mit seinen Reizen spielen ... Er folgte mir auf Schritt und Tritt, erledigte für mich allerlei Botendienste und erklärte mir schließlich, er wolle meine Muse und Inspiration sein, genauso, wie Claudio zu Viktors Muse wurde.

Wie weit er sich schon damals mit Claudio identifizierte, war mir zu jenem Zeitpunkt leider nicht bewusst. Irgendwann stand er mitten in der Nacht vor meiner Tür. Zunächst wollte ich ihn nach Hause schicken, doch er ließ sich nicht abwimmeln. Die Situation geriet außer Kontrolle, er drohte mir, dass er sich etwas antun würde, wenn ich ihm nicht Einlass gewähre. In der Hoffnung, dass er sich beruhigen würde, bat ich ihn schließlich herein, machte ihm einen Tee und versprach, die Sache am nächsten Morgen in aller Ruhe mit ihm zu besprechen. Ich war fest entschlossen, ihn ein für alle Mal aus meinem Leben fernzuhalten. Mit diesen Gedanken ging ich zu Bett und überließ ihm die Couch im Wohnzimmer. Ich war noch nicht eingeschlafen, da hörte ich ein Knarzen an der Tür, Schritte, die näherkamen. Ich machte das Licht an. Er stand an meinem Bett, splitternackt, und starrte mich an. Dann beugte er sich zu mir herunter, riss mir die Decke vom Leib und – danach gab es kein Zurück mehr.«

Der Klang der langen, flachen Wellen, die rhythmisch an den Strand schlugen, streifte Silvius Bewusstsein nur flüchtig. Seine Augen brannten und seine Kehle war trocken und schmerzte. Doch der Brief ging noch weiter.

»Nun, den Rest kannst du dir ja zusammenreimen. Ein paar Monate waren wir unzertrennlich und lebten ausschließlich füreinander, genauso wie Viktor und Claudio es taten. Mein Roman war plötzlich zum Leben erwacht, und ich konnte nichts dagegen tun. Ich habe alle Fehler begangen, die ich Viktor zugeschrieben habe, ich habe alles vorweggenommen, was ich nun im wahren Leben selbst erfahren musste. Irgendwann waren wir an einem Punkt angelangt, wo es für uns beide zu viel wurde. Ich denke, er hatte hauptsächlich Angst, meine Liebe für ihn würde erkalten, sobald er etwas älter wurde. Er konnte es einfach nicht ertragen, nicht länger mein Ein und Alles zu sein. Also schlich er sich eines Nachts aus meiner Wohnung. Am nächsten Tag fand man ihn dann tot in der Turnhalle.

Ich hätte es kommen sehen müssen, natürlich hätte ich es das – schließlich war ich es doch, der Claudio sterben ließ. Doch ich hatte immer noch nicht begriffen, dass für Kevin Realität und Fiktion schon längst miteinander verschmolzen waren, dass er allmählich zu Claudio mutiert war ... Er hat mir einen kurzen Abschiedsbrief hinterlassen, in dem er mir seinen Entschluss begründete – wir hätten beide eine Metamorphose durchlebt, seien nicht mehr Kevin und Hans, sondern Claudio und Viktor ... und folglich müsse er, Kevin, das tun, was Claudio getan hat ...

Die Schuldgefühle zerfraßen mich wie ätzende Säure. Ich hätte es nicht so weit kommen lassen, mich niemals mit ihm einlassen dürfen ... Doch nun war es zu spät. Ich habe, wie Du sicher schon weißt, meinen Beruf aufgegeben, und wollte nur noch schreiben. Aber mir gelang kein einziger vernünftiger Satz mehr. Ich saß stundenlang vor *dem Laptop und starrte auf eine weiße Fläche. Es war wie verhext, als ob meine Gedanken irgendwo versickern würden, bevor sie die Fingerkuppen erreichten. Schließlich habe ich es aufgegeben. Warum sollte ich auch schreiben, wo sich meine Kunst als zerstörerisch erwiesen hat? War es nicht mein Roman, der Kevin in den Tod getrieben hat? Mein Glaube an die Kunst und ihre positive Wirkung auf den Menschen hat sich in Nichts aufgelöst ...«*

Die Buchstaben tanzten vor Silvius Augen wie betrunkene Gäste auf einer Party. Sein Kopf dröhnte und in seinem Gehirn schlugen die Gedanken Purzelbäume. Doch er las weiter.

»Ich hörte auf zu leben ... ich existierte bloß ... bis Du aufgetaucht bist. Bei Deinem Anblick glaubte ich, das Schöne selbst zu begreifen. Wie kann ich den Augenblick beschreiben, da Du mich zum ersten Mal angelächelt hast ... Es war wie ein Wirbelsturm, der mich erfasste und mit sich fortriss. Nach Kevins Tod war ich überzeugt, niemals mehr lieben zu können, und dann kam die Liebe mit einem Mal zurück, noch heftiger als je zuvor.

Aber ich wollte sie nicht. Ich wehrte mich mit allen Mitteln gegen sie, war schon an dem Punkt, abzureisen. Ich konnte dieses erneute Aufflammen der Gefühle nicht ertragen, wollte nicht noch einmal dieses Begehren, diesen Schmerz in mir spüren ... Als ich nach Venedig kam, dachte ich, schon alles über die Liebe zu wissen. Doch als ich dann Dir begegnet bin, wurde mir schlagartig klar, dass ich so gut wie nichts über sie weiß. Du hast mich gelehrt, dass es immer nur der Eine ist, den man liebt, nur in einer anderen Gestalt. Viktor hat auf der letzten Seite von »Turangalîla« eine Ahnung davon bekommen, doch

Hans Tammon, der Autor, hat erst Dich treffen müssen, um dies endgültig zu begreifen. Manchmal sind die Figuren, die einem aus der Feder entspringen, klüger als man selbst.

Tadzio, Claudio, Kevin oder Du, lieber Silviu – ihr seid die Versinnbildlichung eines Bestrebens, das eine der tiefsten Sehnsüchte des Menschen offenbart: nämlich Bruchstücke wieder zusammenzufügen, Gegensätze zu integrieren und zu einem Ganzen zusammenzufassen. Das Resultat ist der vielgestaltige Androgyn, vollkommen in seiner Anmut und Schönheit, jedoch nur für einen schmerzhaft kurzen Augenblick. Es gibt nicht viele auf dieser Welt, die die Sehnsucht nach dieser Ganzheit in sich tragen, doch wenn es jemand tut, dann geht es nicht um das einzelne Individuum, es geht um das Genre! Liebt man einen von euch, dann liebt man sie alle, die Gegenwärtigen, die Vergangenen und die Zukünftigen ...

Doch kann man in diesem Fall überhaupt noch von Liebe sprechen? Ich wage zu behaupten, man kann, denn Liebe ist so vielseitig wie die Sandkörner in einer Wüste, und ihr Geheimnis ist unergründlich ... Durch Dich habe ich nun endlich erfahren, dass das Geheimnis der Liebe größer ist als alles andere – vielleicht sogar noch größer, als das Geheimnis des Todes ...«

Kalte Schauder liefen über Silvius Haut. Er hatte genug, er wollte nicht weiterlesen, jedes einzelne Wort tat ihm weh. Das waren Dinge, die er nicht oder kaum begriff, und wenn er ehrlich war, wollte er sie auch nicht begreifen. Wieso musste Tammon alles so kompliziert machen?

»Du hast mich nach der Bedeutung des Wortes Turangalîla gefragt, aber ich denke, Du ahnst die Antwort be-

reits. Turangalîla ist ein Wort, das man rational nur
bedingt verstehen kann – vielmehr muss man es fühlen.
Natürlich geht es um Liebe, aber auch um Zeit, rasch ver-
gehende Zeit, die wie Sand in der Sanduhr verrinnt. Und
es geht auch um Spiel, das Spiel der Erschaffung, der Zer-
störung, der Wiederschaffung, das Spiel von Leben und
Tod. Turangalîla meint also gleichzeitig Liebeslied, Hym-
ne an die Freude, Zeit, Bewegung, Rhythmus, Leben und
Tod. Kümmere Dich jetzt nicht darum. Lebe einfach Dein
Leben, und irgendwann wird die Zeit kommen, wo Du
den Sinn von Turangalîla in seiner ganzen Tiefe begreifen
kannst ...

Übrigens gedenke ich, wieder mit dem Schreiben anzu-
fangen. Du hattest völlig recht da oben: Claudio ist nicht
tot, er kann es nicht sein. Und selbst wenn er es wäre,
dann müsste ich ihn eben von den Toten zurückholen,
wie einst Orpheus seine geliebte Eurydike. Ich werde also
Viktor auf den Weg in die Unterwelt schicken und –«

Etwas Spitzes berührte Silvius Schulter und er blickte
erschrocken auf. Neben ihm war wie aus dem Nichts
ein ausgemergelter Alter aufgetaucht, mehrere zusam-
mengeklappte Regenschirme unterm Arm. Einen davon
trug er geöffnet über seinem Kopf. Es war ein schöner,
großer Schirm in den Farben des Regenbogens. Der
Mann starrte Silviu schweigend an und streckte ihm die
Hand mit dem Schirm entgegen.

Silviu schüttelte den Kopf. »No, grazie.«

Der Mann machte keine Anstalten zu gehen und hielt
Silviu weiterhin den Regenschirm vor die Nase. Er
starrte Silviu unentwegt an und blinzelte dabei kaum.
Dennoch gelang es irgendwie nicht, dass sich ihre Blicke trafen. Es machte fast den Eindruck, als würde der

Blick des Mannes durch Silviu hindurchgehen und Silviu beschlich das unangenehme Gefühl, in dem Moment keinen festen Körper zu besitzen. Erst jetzt fiel ihm auf, dass die Augen des Mannes von einem weißlichen Schleier überzogen waren. War er womöglich blind?

»No, grazie«, wiederholte Silviu jetzt um eine Spur lauter.

Doch der Alte schien ihn auch nicht gehört zu haben und stieß ihn mit den Spitzen der Regenschirme noch einmal sanft an. Silviu packte die Schirme und drückte sie von sich weg – und dann geschah das Unverzeihliche: Tammons Brief glitt ihm aus der Hand und segelte ins Wasser.

»Oh, nein.« Silviu stürzte auf die Knie und versuchte, die einzelnen Blätter wieder herauszufischen, doch in dem Moment kam eine größere Welle und spülte alles weg.

Silviu griff sich mit den nassen Händen an den Kopf. Der Brief war verloren, für immer verloren. Silviu würde niemals erfahren, was auf dem letzten Blatt geschrieben stand – niemals erfahren, was Tammon sich für die letzten Zeilen aufgespart hatte. Vielleicht den Schlüssel zu seinem neuen Roman? Würde Viktor es schaffen, Claudio von wo auch immer zurückzuholen? Tammons letztes Geheimnis versank gerade in den Tiefen des Meeres. Es würde erst wieder ans Licht kommen, wenn Tammons neuer Roman die Bücherregale erreichte.

Doch würde der *Professor* das Werk überhaupt noch schreiben können? Womöglich lag er schon im künstlichen Tiefschlaf, umgeben von medizinischen Hightech-

Geräten. Einen Schlauch zwischen den Zähnen, der ihm Sauerstoff in die Lunge pumpte ...

Der Mann mit den Schirmen war verschwunden, so lautlos, wie er gekommen war. Silviu suchte mit seinen Blicken den fast menschenleeren Strand nach ihm ab und entdeckte ihn in einiger Entfernung. Er trottete im Zickzack-Kurs dahin, den bunten Schirm über dem Kopf.

»Silviuuh!«

Silviu wirbelte herum. Eine Gestalt trat aus dem Pinienwäldchen hervor und wedelte eifrig mit beiden Armen. Es war Dinu. Silviu winkte ihm zu und Dinu spurtete los, als hätte er Feuer unter den Fersen. Eine halbe Minute später lagen sie sich in den Armen.

»Ich dacht, ich schaff's nicht mehr«, keuchte Dinu und hinterließ eine Spur von Küssen auf Silvius Hals. »Die Alte macht uns die Hölle heiß, ist ganz aus dem Häuschen. Ich soll schon eine Stunde vor der Abreise unsere ganzen Koffer in die Lobby bringen, stell dir das mal vor! Als gäbe es dafür keine Gepäckträger ...«

Ein Schwarm Möwen flog mit spitzen Schreien über den Strand. Silviu löste sich sanft aus der Umarmung und sah sich um. Der bunte Regenschirm war zu einem winzigen Punkt am Horizont geschrumpft.

Dinu runzelte die Stirn. »Was ist los?«

Silviu lächelte ihm zu. »Nichts. Nur eine Erinnerung. Komm, lass uns gehen.«

Sie fassten sich um die Taille, schmiegten sich aneinander und schlenderten auf das Hotel zu.

ENDE